Premier League

玥读英超

Vivian's
Premier
League
St⚽ry

王昊玥 著

推荐序

其实，与昊玥面对面只有一次。那一次见面给人印象深刻的不是她高挑的身材和姣好的面容，而是她对体育的那份热情和对足球的执着。

2016/17这个赛季，新英体育联手全国近20家地方体育频道，打造一档直播英超赛事的节目《英超之夜》。在节目形式的策划上，我们希望有一些改变，让演播室的内容更活跃，更贴近年轻观众的口味。于是，通过五星体育的推荐，有了和昊玥的合作，也有了香港英超亚洲杯现场报道的合作。

足球作为世界第一大运动，在全球拥有数以亿计的球迷，它带给我们积极向上、永不言败的意志磨练，也带给我们精彩绝伦、无与伦比的审美享受。随着人们的生活日益富裕，对生活质量的追求也日渐提高，体育，必将成为人们心目中体现时代精神的重要的一部分，它不仅承载着无数青春的回忆，也将承载着人们对美好未来的向往。

昊玥，为了心中的梦想，执着地在这个男性世界中拼搏，以全新的女性视角近距离接触赛事、球星，用文字记录这一切，为球迷们带来不一样的感受。

每个年轻人心中都有一个梦想，而为了梦想竭尽全力，才会让你拥有一个无悔的青春。

祝福你，昊玥。

新英体育CEO 喻凌霄

推荐序

昊玥的名片被深深地打上了足球的烙印,她注定与足球有缘份,有联想,有故事。

在伦敦她下榻酒店的咖啡厅里,我默默地听她讲述世界足球的发展,以及对足球世界的研究。她的眸子里闪烁着晶亮自信的光芒,表情里充满着对足球的热爱,激情在她的手势里飞扬。

西班牙著名建筑大师安东尼奥·高迪曾说过,直线是人类的语言,曲线是上帝的表达。世界上所有的球都是圆的。然而,只有足球是用上帝的曲线组成的。上帝创造了七天,一天留给自己做礼拜,把六天献给了足球。如果人类没有足球,世界将会怎样?

当然,聊足球是不能不聊英超的。

那时,我刚刚入主英超俱乐部南安普顿。昊玥问我有什么感受,我说,南安普顿俱乐部有一百三十一年的历史。一百多年在人类历史的长河中是很短暂的。人生只是一个刹那。在南安普顿俱乐部过去一百多年中,曾经有过多少老板,其中不乏优秀的、有情怀的、高尚的持有人,他们给予了俱乐部财富与精神的奉献,像是我们的前老板就曾在危难之际拯救了球队。在过去的一百多年里,尤其在最近几年,南安普顿为世界足坛输送了很多明星,而我们却依然朝气蓬勃,充满着青春活力。如今,我接棒了南安普顿。我想,我既要以前人为榜样,也要比前人做得更好。

让我们翻开《玥读英超》,跟着昊玥走进世界足球,去领略足球世界的无限风光吧。足球是信仰,是人生,是哲学,是生活。足球是老师,她会教我们如何去正确面对人类社会中的种种境遇。

英超南安普顿足球俱乐部董事长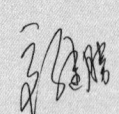

推荐序

前几天，我正在带队训练的时候，收到了主持人昊玥的邀请，请我为她的新书《玥读英超》作序。听到这个书名，我看向面前的绿茵场，感觉那扇球门像一条时空隧道，带着我的思绪又回到了在英国踢球的岁月。

在1995/96年包揽了两个最佳射手和足球先生后，我决定迎接新的挑战。1998年，我从上海申花队转会至英国的水晶宫队，并签约四年，期间还担任了队长职务，一共为水晶宫队出场88次，并有4球入账。

记得刚去水晶宫队踢球的前两个月，队友们和我的交流只有两句话："Good morning, Fan." "Goodbye, Fan." 第一场比赛我就进了球，我带着一股强烈的动力，不想被别人看低。我也告诉自己，要主动去适应新环境。渐渐地，我和队友们建立起了信任。

同时，在生活中我和大家也逐渐熟悉起来。记得有一次训练后，大家叫上我去吃麦当劳。虽然老外都习惯AA制，但我当时算是高薪球员，所以我就按中国的习惯，请大家吃了那顿。从那以后，我们就像兄弟一样经常一起聚餐，大家都觉得我性格好、人缘好。有的时候在酒吧遇到球迷，他们会很热情地称呼我们为"Eagle"（老鹰，水晶宫队的昵称），让我在异国他乡也有了归属感。

有一次，原来的队长在比赛中受了伤，他下场的时候，主教练让我接替队长袖标。那一刻，所有的队员都看着我，眼神中充满了信任，他们异口同声地说："Give it to Fan." 后来，我也在同一年成为了"Man of the year"。

在水晶宫队的那些日子，我和阿什利·科尔搭档过，也和欧文、海皮亚等人交过手，和这些世界级球星过招，也让我更加成熟自信。我也曾拒绝了利物浦和纽卡斯尔俱乐部的邀请，因为他们开出的条件是：如果档期冲突，我不能参加国家队比赛。但对我来说，国家利益永远是在个人利益之上的。

今年又是世界杯之年了，回想在国家队踢球的日子，我经历了憧憬、彷徨和成熟这三个时期。我是1990年进国家队的，1993年冲击世预赛，输给伊拉克后，我心想还有时间，还可以再来，毕竟我才24岁。1997年以后，有些队员开始被淘汰，但我还在国家队效力。那时候，李铁还是年轻球员，还有李玮峰、海东，我们一起经历了世预赛，主场输给卡塔尔，很遗憾没有出线。当时，我的脑子一片空白，失落之情无以言表。那一年，我已经28岁了。

1998年去了水晶宫队后，经过海外踢球的磨练，我步入了成熟期，很自信，并且把这种自信建立在行动上。记得2002年世预赛，五里河第一场对阵强敌阿联酋，现场50000多人，呐喊中国队加油。虽然环境是人声鼎沸，但我在进场的时候几乎听不到任何声音，我的心中只有比赛。最后那场比赛以3:0大胜，李小鹏、祁宏、海东……我们一起配合得很好。那年我32岁，年龄已不再成为束缚，能力决定出场的时间。

2002年世预赛，我们顺利出线，踏上了日韩世界杯的征程。现在回想起来，当年的主教练米卢带给我们最重要的是经验，和对我们心理状态的调整。他会让你在训练中产生疑问，虽然我们之间偶尔会有分歧，但我觉得这种思考的过程大有裨益。

岁月如白驹过隙，一晃而过。如今的我已挂靴从教，给自己树立了新的目标，那就是成为一名成功的教练。我比较欣赏克鲁伊夫，从某种意义上说，是他成就了巴萨。我也鼓励年轻人，比如本书的作者王昊玥，运用自己的语言优势，多出去走走，多看看，多参与足球圈的活动。我想起三年前吴玥曾主持"尤文图斯vs上海老克勒"新闻发布会，那次她也采访过我，通过和她的交谈，对比三年前，发觉她对足球有了更深刻的认识，希望她能够把更多的亲身经历分享给球迷，从女性视角带给读者们不一样的感官体验。

最后，有句话送给正在读此文的你："用你不懈的斗志，成为城市的精英。"

自序

我对足球的热爱,从世界杯开始,后来又有幸主持足球节目。第一次直播英超之夜,当我看到那些熟悉的国家队球员回归到每个俱乐部时,我脱口而出他们的名字,那种感觉就像见到了久违的老朋友。谁说足球是男人的专利,我爱足球,更爱能够驾驭足球的人。

带着这种热爱,我从演播室走向英超,又从英超走向欧罗巴各大联赛。喜欢这种主持人兼记者的角色,可以深入一线,对话在屏幕上看见过的人。

虽然旅途注定辛苦，但偶尔脱离舒适区才能成长。当我采访完诸多球星后，我决定把我的经历写成书籍，分享给更多热爱足球的人。

爱上写作也是从小受到外公玛金的影响，他是一位诗人。写书最难的地方，在于这个瞬息万变的社会，每时每刻信息都在变化，我个人的知识和履历也在不断更新。我刚开始萌生写书的念头，到后来完成书稿，这半年多又发生了很多事，比如球员的转会、主教练的下课、球队的升降级等，都有了很大的变动。

这半年多的时间我经历了重重考验，犹豫退缩过但最终坚持了下来。完稿的那一刻我如释重负。我需要有一个地方能够表达自己的想法，而写书就像是和自己对话，必须忍受这个孤独的过程。我就是自己的第一个观众。

我时常前一晚写下文字，第二天早上就全部推翻，仿佛今天的我和昨天的我在思想斗争。感谢2018魔都寒冷的冬天，让我心无杂念专心写作，有一次写到恍惚，去洗手间时手指还被门夹了，血流不止，而那一晚正好要交稿，于是一边流血一边写。

截稿的时候，2017/18赛季还没有结束，但时间有限，我只能写到这里了，写书的魅力也在于，能够记录那个时刻的美好。当我看着以前的笔记，心想幸好那个时候有记录，不然再也写不出当时的心境了。

而今年世界杯又要来临了，我不禁感叹：足球不仅是一项运动，也是一个国家历史、文化和经济的缩影，更是一代人的芳华。有的时候，我在想我是在怀念某位球星，还是在怀念我的青春，想来想去，原来他就是我的青春！

感谢我的家人、朋友和所有支持我的人，还有此刻正在读此书的你。读书就是读自己，希望你也能从我的书里，找到自己的缩影！

目录

Big6 巡礼

- 阿森纳俱乐部 / 21
- 曼城俱乐部 / 81
- 利物浦俱乐部 / 115
- 切尔西俱乐部 / 169
- 曼联俱乐部 / 187
- 托特纳姆热刺俱乐部 / 221

我的主播日记

- 从波音到绿茵 / 242
- 女主播幕后花絮 / 256
- 我的世界杯情结 / 272
- 南安普敦的中国老板 / 285
- 水晶宫球员现实生活的样子 / 294
- 谁是下一个莱斯特城 / 304
- 中英足球交流的缩影 / 313

希腊诸神VS英超诸强

被缚的普罗米修斯——最后的传教士温格 / 324

宙斯的呼风唤雨——弗格森的一代王朝 / 330

赫拉克勒斯的功绩——穆里尼奥的使命 / 335

皮格马利翁效应——瓜迪奥拉的执着 / 339

阿喀琉斯之踵——坎通纳的软肋 / 344

奥德修斯的特洛伊木马——杰拉德的伊斯坦布尔 / 348

珀耳修斯射杀美杜莎——亨利一剑封喉 / 351

忒修斯破解迷宫——兰帕德的高智商 / 355

阿波罗的人格魅力——小贝的颜值和努力 / 360

丘比特的两支箭——鲁尼的双面性 / 365

弥达斯点石成金——阿布的金钱帝国 / 371

雅典娜编织的网——门德斯的网络 / 375

门神雅努斯——舒梅切尔父子 / 378

也许每个男人
都或多或少喜欢过这几支球队：

Big6 巡礼

男人对球队的忠诚，
大过对于女人！
于是，久而久之，
追随蓝的，
红的变成了墙上的一抹蚊子血，蓝的还是床前明月光；
追随红的，
白的便是衣服上沾的一粒饭黏子，红的却是心口上的一颗朱砂痣。

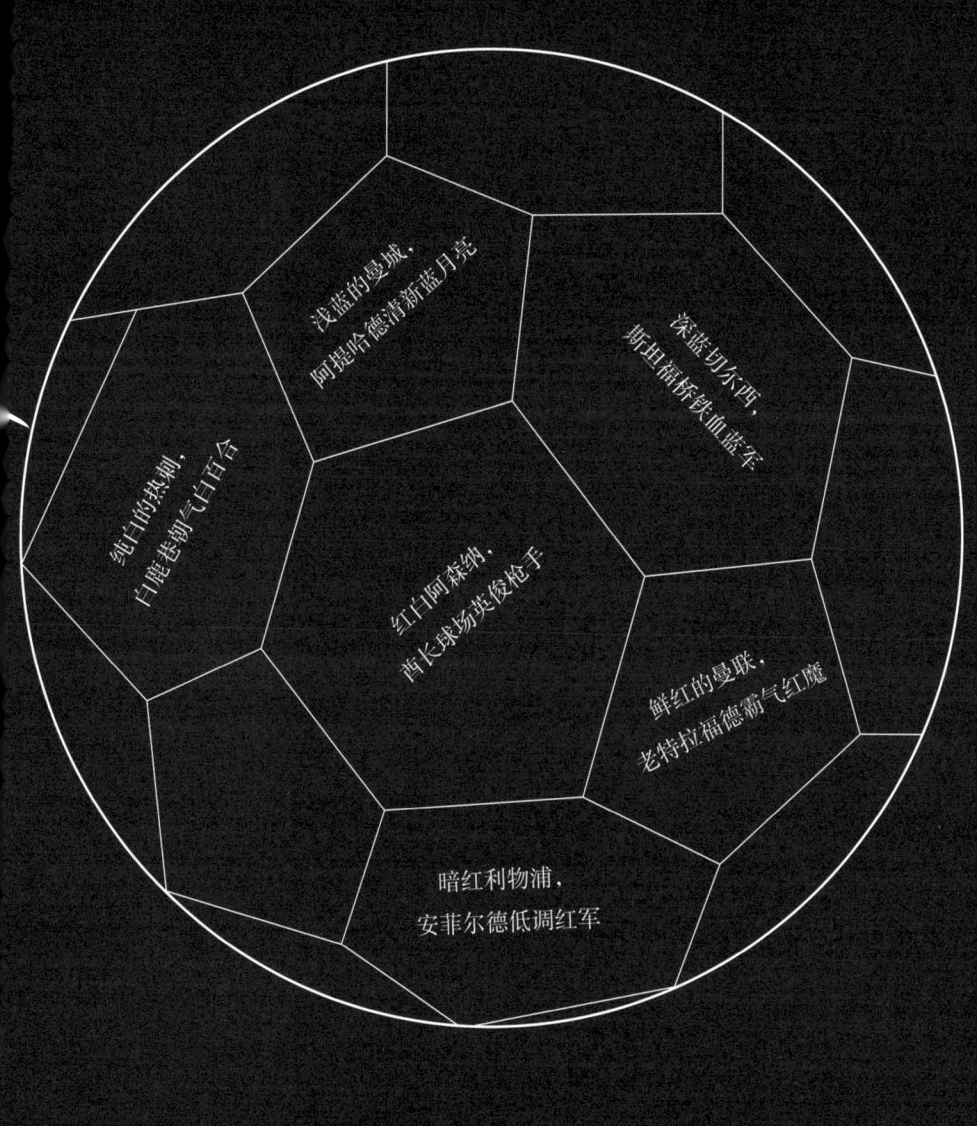

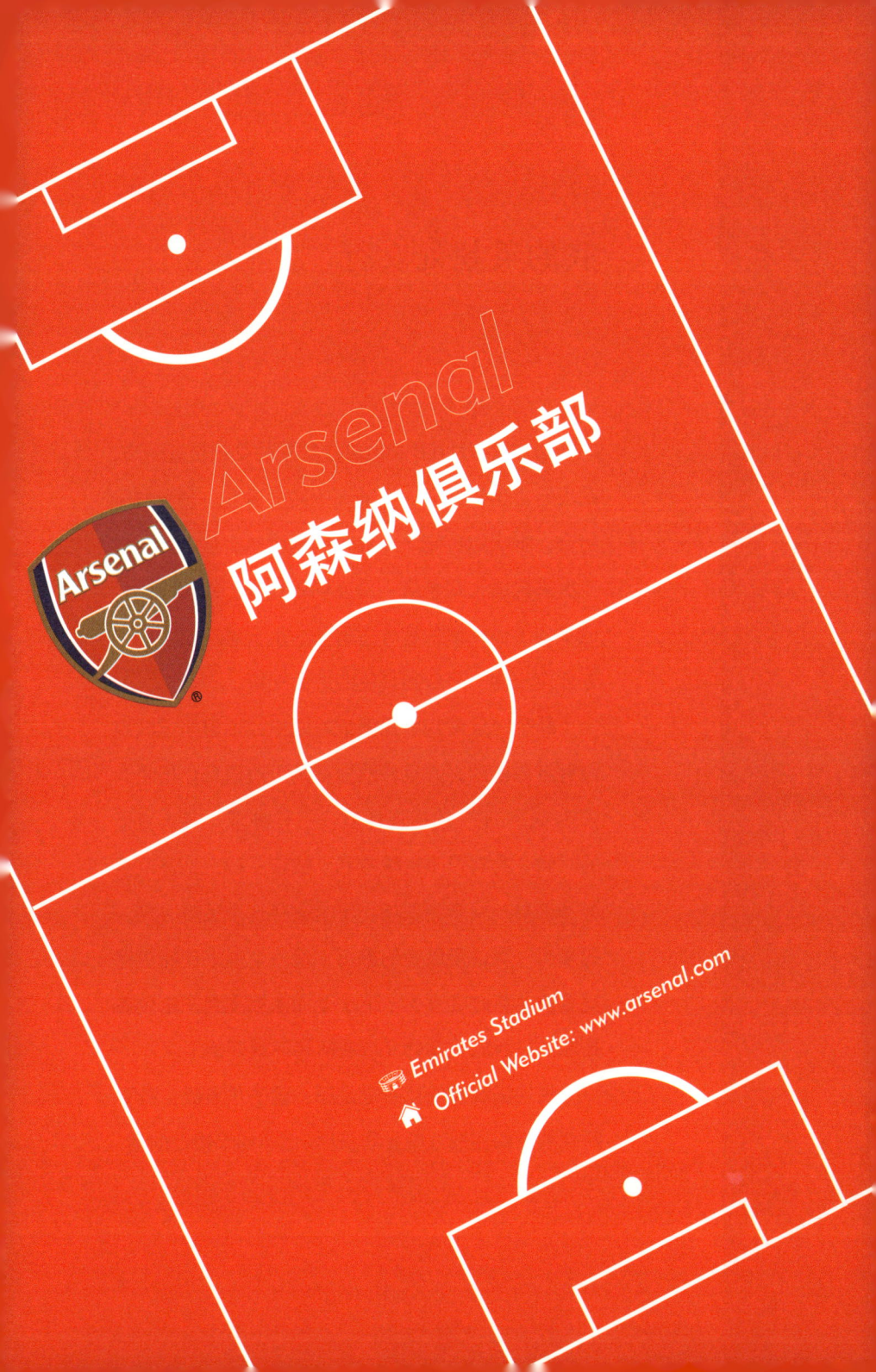

我的英超处女行

2017年5月6日，2016/17赛季的英超接近尾声，我决定走出演播室，到英国现场去看看。各种机缘巧合，本次的英超之旅我去了阿森纳，虽然这是第二次来伦敦，却是第一次现场看比赛，而且很幸运地拿到了俱乐部的官方邀请函，也要感谢阿森纳官方合作伙伴——新网科技的大力支持。

那个时候阿森纳深陷危难之中，不但当前联赛没有进入前四，并且在欧冠赛场上遭遇拜仁屠杀，"Wenger out"的声音像瘟疫一样蔓延，每次直播的时候，我都恨不得像哈利·波特一样，钻进电视屏幕摇身一变来到现场。于是就在这个关键时刻，我来了一次说走就走的旅行，前一个周末还在演播室直播《英超之夜》，下一个周末就飞到了伦敦酋长球场，我的英超处女行就从那一刻开始了。

我现场观看的比赛也是那一轮的焦点战，枪手阿森纳主场迎战红魔曼联，这场比赛如果惨败的话，可能会成为压断骆驼背的最后一根稻草。比赛日的当天，我和来自五湖四海的枪手小伙伴们早早来到现场，其中还有一位枪手小妹妹。我从他们身上学到了很多，从那一刻我体会到，天外有天、人上有人，作为一名英超足球节目主持人，我必须要永无止境地去钻研。

第一次来到英超球场的心情是无比兴奋的，已经完全感觉不到时差带来的疲惫，那个我在节目中播报过无数次的酋长球场，此刻就近在眼前。我和小伙伴们一起尽情地狂奔、拍照。五星体育《超G竞彩》节目也在推荐这场焦点战，编导让我现场预测比赛结果，那这次我肯定站在主场这边，毕竟是他们邀请我来的，不能吃里扒外啊^__^，就说了句"主场必胜"。原谅我第一次的兴奋，这就好像男人情窦初开的时候，第一次遇到心动的女人。

当我来到二层广场上亨利的滑轨铜像前时，无法掩饰内心的激动，情不自禁跪在地上，和他摆出相同的姿势。在2002年海布里对热刺的精彩射门后，枪王之王亨利不顾一切地助跑滑跪，在草地上滑出几米的痕迹，于是这个姿势成为了永恒的经典。我也是喜欢用身体语言表达感情的人，有的时候语言可以骗人，但是body language不会，它是我们内心深处最真实的感受。有网友看到这张照片，留言说当心磨破丝袜，我那一瞬间可没有考虑那么多。就像亨利一样，我也要在心灵的足球之路上留下痕迹。足球需要热血，需要激情，需要奋不顾身。

2011年12月，阿森纳庆祝俱乐部一百二十五周年的一系列活动,其中最为重要的活动就是揭晓了球场外的三个铜像。查普曼、亚当斯、亨利,这三个人作为俱乐部不同时代的代表,永远铭记他们的功勋。

揭晓铜像的那一刻,亨利说道:"自从我离开阿森纳,我就再没有这么动情过,现在看来都是过去的事了,但我确实深爱着阿森纳,我说过无数次了。现在我一直支持着俱乐部的一切,我经常回来看看。这个俱乐部总有很多东西我放不下,像是一个家。离开的球员总是想回来重新感受更衣室的气氛,再看一眼熟悉的温格教授,和那些在场上训练的人,阿森纳总有很多出色的人。"

我凝视着铜像的眼眶,那里似乎强忍着眼泪,亨利此刻好像在对阿森纳诉说:"If you are the tear in my eye, for fear of losing you, I would never cry.(如果你是我眼中的一滴泪,我因为害怕失去你,而永远不会哭泣。)"

多少个春夏秋冬,"枪王之王"亨利就这样跪着守护阿森纳。枪迷最大的心愿,莫过于在温格告老还乡之时,亨利能够重返酋长球场,接过恩师的衣钵,将枪手的传统发扬光大,重现海布里辉煌。

很快球迷们开始唱着队歌入场。酋长球场的入口处有女性专用通道,感觉阿森纳就像一个暖男,细节处考虑得很周到,怪不得有那么多美女球迷。进去球场内部,先去 VIP 餐厅吃了顿大餐,费用包括在这次观赛中——现切的嫩烤牛肉可好吃了。在 VIP 餐厅即可环顾球场,感叹酋长球场真的可以用美丽来形容。远远望去,红色的看台当中用白色拼出一个手枪的样子，这个图案印在所有枪迷心中，成为永恒的印记，不愧是温格教授坚持借债也要修建的球场。

酒足饭饱以后，我们几个迫不及待地跑到球场旁边，准备观看赛前热身。这个环节是新网科技特别安排的，只有五分钟在场内的时间。我们刚下去的时候，球员们还没出来，看到阿森纳官方头牌主播 Mitchell 正在场边试音，他一身笔挺的西服，打着阿森纳出品的领带，清秀的脸庞搭配纯正的伦敦腔，还有颇具亲和力的笑容，看得出来阿森纳俱乐部很重视主播的颜值和气质。我上前打了声招呼，自我介绍，我叫 Vivian，是来自中国的英超节目主持人，这次专门飞过来看比赛，他惊叹我这个黑头发黑眼睛的东方女性居然也如此喜欢英超，喜欢足球。

正在这时，突然一阵风从身边呼啸而过，夹杂着运动香水的气味，是球员们跑出来了。那一瞬间快到我们来不及拿相机，就看到吉鲁、厄齐尔、桑切斯等几个在电视上看过无数遍的熟悉面孔，从身边擦肩而过，那种青春和运动的气息，带动着我们想和他们一起奔跑。我终于能够体会，为什么在国外书呆子是没有市场的，而体育好的男生会很吸引女生，因为他们让我们看到了生命的力量和不服输的精神。那一刻，646组合还在陪伴着我们，吉鲁还在秀着他的肌肉，沃尔科特还在挥洒着他的阿森纳青春。直到如今，我查他们资料的时候，还习惯性地点开阿森纳球员名单，然后忽然意识到，有些人已经离开了。

我还远远地看到有球迷拉着"感谢温格二十年"的横幅。我是怀旧性格，非常害怕面对离别。如果我是一名球员或教练，我应该会从一而终。此刻，我在心中默默感谢教授以及那些为阿森纳奉献了青春的人。

五分钟的观看时间很快结束了，我们不得不离开场边，走的时候我拿出手机，对着球员通道自拍，有趣的是发现默特萨克和埃尔内尼入画了，那场比赛他们没有上场。和我一起的枪迷小妹妹看到他俩，也激动得说不出话来。

回到座位以后，比赛很快开始了。比赛刚进行了四分钟，大腿桑切斯就小角度强行射门，曼联这边德赫亚将球扑住；一分钟以后，曼联马夏尔还以颜色，小角度射门考验切赫；九分钟的时候，拉姆塞单刀低射，德赫亚倒地扑出；接下来张伯伦大力远射被扑出，鲁尼近距离打门也被扑。比赛进行了半个小时，双方都制造了有威胁性的射门，尤其是阿森纳这边。比赛的第一粒进球出现在第五十三分钟，石破天惊！扎卡世界波折射破门，阿森纳1:0曼联，我们看台这边的阿森纳球迷集体起立欢呼，原本不认识的球迷，也互相搭起了肩膀为阿森纳歌唱。大家还没来得及坐下，三分钟后，维尔贝克头球破门，阿森纳2:0曼联，枪手球迷们彻底沸腾了，在这之前，阿森纳已经连续几轮没有赢过，温格也面临下课危机。这时，曼联这边的鲁尼也是拼了，任意球直奔死角，切赫倒地力保城池。远远看到，温格和穆里尼奥在场边指挥比赛，教授深藏不漏，狂人尽情表达，想起之前他们的不合传闻，此刻隔着人山人海也能嗅到火药味。

最终，阿森纳主场2:0战胜曼联，曼联联赛二十五轮不败终结，温格首次在联赛场上战胜穆里尼奥。我见证了历史性的时刻！全体枪迷起立为主教练和球员鼓掌，真是为教授松了一口气。看完比赛，小伙伴们一起走出球场，夕阳西下，照得暖洋洋的，我们昂首阔步向前走着，摄影师就在我们前面抓拍，那种感觉就像洒脱地赢了比赛的球员。最后我们来到球场后面阿森纳字母雕塑前尽情摆拍，还看到附近小酒吧里聚集着枪手球迷在喝酒庆祝。当晚，我发微博描述了这场焦点战，我习惯及时记录当时的心情，那篇文章阅读量超过了五十万。晚上回来的我们养精蓄锐，准备第二天的酋长球场和博物馆参观，探寻热闹球场内部的奥秘。

A 亨利滑轨铜像

A 阿森纳官方头牌主播

来自五湖四海的枪迷 V

- 主教练温格的座位
- 酋长球场内景
- 自拍时默特萨克和埃尔内尼入画

A "Arsenal"字母雕塑

看完比赛开心的我们 V

酋长球场的红色唇印

如果说比赛日热闹的球场像一个热情奔放的女郎,那平日安静的球场就像一个犹抱琵琶半遮面的少女。球场恢复了往日的宁静,唯一不变的是跪在原地的亨利铜像。记得"枪王之王"亨利,在曾经的海布里球场告别赛中,仰天跪地亲吻着草坪,而为了纪念这次处女行,我把比赛日的球票装在信封里,印上了红色唇印,sealed with a kiss,珍藏这宝贵的第一次。

那天我们预约的 Club Tour 向导,是上世纪 70 年代阿森纳的传奇后卫——温特伯恩,现在也是天空体育的足球评论员。他是阿森纳名宿,于 1987 年加盟阿森纳,效力长达十三个赛季,为球队出场 337 次,跟随枪手赢得了一次英超冠军、一次足总杯冠军、三次社区盾杯冠军。那些资深阿森纳球迷对温特伯恩很熟悉,是看着他踢球长大的。

接着我们就在温特伯恩的带领下,首先从贵宾入口走进球场内部，在上楼的过程中见到各种奖杯的陈列，以及俱乐部几位人物的铜像，比如伟大的查普曼、前主席希尔-伍德和我们都很熟悉的温格教授等。三楼是豪华的 VIP 包间，也是俱乐部宴请客队高层并招待看球的地方。餐厅的部分区域，会在比赛日布置成客队的主色调。而从 VIP 包间走进看台，就可以在贵宾座位区感受一下酋长球场的宏伟全景。场地中架设着人工阳光机用来保养草坪，也有工作人员正在检查草皮状态以迎接几天之后的新比赛。我坐上贵宾区的专属皮质座椅俯瞰全场，感到椅子下面还有加热呢！

继续上楼，来到阿森纳俱乐部最高规格的钻石俱乐部。加入该俱乐部的会员，你需要付出相当高昂的会费，目前年费为75000镑。温格会出席该俱乐部的年会，同时阿森纳也常常在这里迎接最重视的访客。值得一提的是，守护了海布里七十多年的阿森纳大钟，其复制品就保存在这里。

接着我们来到了更衣室。要说我第一次参观球员更衣室的感觉，有点像男生第一次去女生的闺房，因为更衣室在比赛期间是不允许女士进入的，万一遇到球员换衣服怎么办，所以球队的翻译也通常都是男性。

阿森纳的主客队更衣室据说是温格教授亲自设计的。温格不但精通五种语言，而且擅长建筑设计。

先说客队更衣室，大部分球队都会在客队更衣室动点小主意来试图影响对手，而在这里，温格设计了一个明显过高的桌子，目的是使得客队队员坐下之后会看不到对面的队友与教练，这是教授的一个小心思。

而主队更衣室我一进去就不想出来了。桌子不但不会过高，还会在比赛当天摆满水果与能量饮料。每个球员的座位上，都有可以加热的坐垫。更衣室内不仅通过空调保证恒温，而且还配备有理疗室、按摩浴池等设施。温度湿度感觉都刚刚好，对比户外阴冷的天气，这里就像温暖的家。球员的皮质座椅也好柔软、舒服，一直在暴走的我们围着座椅坐成一圈，听着传奇后卫温特伯恩讲述阿森纳的那些故事。这种感觉就好像在学校的时候上体育课，大家围成一圈做游戏一样。

走出更衣室，前往球场的球员通道两侧，印有阿森纳球员的全身照。我和球星对比了下身高，感觉吉鲁是最高的，而且教授也不矮呢！

从球员通道步入球场，想象着阿森纳的球员们每次在欢呼声中登场的感受。

场地中央的草皮在非比赛日都会进行保养并不会对外开放，但你可以在这里体验一下站在教练指挥区域或是坐上替补席的感觉。

离开赛场，来到阿森纳每次进行新闻发布会的会场。我坐上椅子，模仿了一遍教授的名言："We don't buy superstars,we make them.（我们不买巨星，我们是巨星的创造者。）"

最后，我们还去了奖杯陈列室，体会阿森纳辉煌的历史。

结束了球场的参观后,大家纷纷和今天的特殊向导,阿森纳传奇后卫、现任天空体育足球评论员的温特伯恩先生合影。

小伙伴们也提议让我去和他聊聊,看看他对中超引援怎么看。反正也不是正式的采访,我就抱着学习的态度上去和他聊了两句。

他说,之前中超引进的一些英超外援基本都是处于职业生涯末期,现在也有一些年轻球员,正处当打之年的,比如奥斯卡也来到中超,据他的口气,切尔西的科斯塔也会来。他说,希望这些球员能够促进中超的发展,他们在中超的表现也值得受到国际足坛的关注,比如 Skysport 也转播过中超的比赛,他们也关注着奥斯卡在中超的表现。

最后,我们看到了让温格自称"无法与其相比"的阿森纳传奇教练查普曼的塑像与名言。正是这位老人,创造了 W-M 阵型,引入了白色足球,提议了球衣印号,选择了阿森纳的红白战袍,并说服管理层努力将 Gillespie 路地铁站改名为阿森纳站。

我们还参观了阿森纳博物馆,其中有很多重要的收藏。例如,1970 年博览会杯决赛两名进球者乔恩·萨姆尔斯、阿兰·史密斯所穿的球衣,1994 年欧洲优胜者杯冠军奖杯,从世界各地交换来的队旗等等。

毫无疑问,让球迷们最激动的是英超联盟特地颁发给阿森纳的金色奖杯,用以纪念 2003/04 赛季那不可思议的三十八轮不败战绩。

离开博物馆后,我们又跑去纪念品商店疯狂购物了一番。

参观球场绝对是个脑力+体力活，那么多的知识要记在脑海里，还有那么多的楼梯要走，一圈下来我和小伙伴们都饿得不行，正好发现球场旁边有一家"西安印象"中餐厅，特别感动，狂奔进去吃饭，点了招牌肉夹馍、西安凉皮、羊肉泡馍，还有热气腾腾的豆浆，特别满足的感觉。在欧洲国家吃到地道的中餐还真不容易，比赛日的时候这家可是人满为患。

伦敦是座足球文化很浓郁的城市，看到一群幼儿园小朋友在老师的带领下参观球场，这里面会不会出来一个以后的亨利？我带着阿森纳的围巾走在路上，会有枪迷说："Oh，you are a gunner." 大英博物馆的一位保安因为喜欢曼联，说："Arsenal is rubbish,I love Manchester United.（阿森纳是垃圾，我最爱曼联。）"我笑笑说道："I don't agree with you, but maybe you are right,if everybody has the same opinion, the world must be too bored.（我不赞成你的说法，但也许你是对的，如果每个人观点都一致，那这个世界就太无聊了。）"

这是我第二次来伦敦，以前对这座城市的印象：出门必带的雨伞、一成不变的早餐和传统高贵的伦敦音，像经典的巴宝莉风衣，又像一位中年的英国绅士，严谨，保守，但少了一丝活力。这次来到酋长球场，见证了一场历史性的比赛，感觉伦敦也有热血的一面。

对我来说，这次出门已经不再是吃喝玩乐那么简单，我带着责任和义务，一路走，一路拍摄。贝克街221B福尔摩斯的住所依旧在那里等我，几年前还没有BBC卷福的神剧，坐在同样的位置拿起放大镜看着《血字的研究》。泰晤士河的微风仍然吹乱了我的头发，远处的伦敦眼仿佛凝视着整座城市。白金汉宫门口还是聚集着来自四面八方的游客，上次来的时候，凯特还没有嫁给威廉。最后来到了大英博物馆，记得这里的保安爷爷夸我外套好看，我告诉他我来自中国。这大概就是故地重游的感觉吧，有一点怀旧又有一点新鲜感。离开伦敦的那天，我和小伙伴们飞回了各自的城市，我们相约下次有机会一定要再来。

- 酋长球场的外墙 logo
- 阿森纳传奇后卫温特伯恩

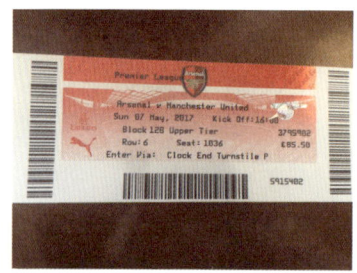

A 阿森纳 vs 曼联球票

A 阿森纳主队更衣室

V 阿森纳奖杯陈列室

V 阿森纳球员通道

● 阿森纳博物馆

◉ 温格教授的签名　　◉ 再见伦敦

高温40度又见阿森纳

没有足球的夏天,注定是不完整的。2017年7月的盛夏骄阳四射,虽然此时五大联赛已经结束,但国际冠军杯六大豪门:阿森纳、切尔西、AC米兰、国际米兰、拜仁、多特蒙德纷纷来华,奉献精彩赛事,激动坏了各路粉丝。7月18日,五星足球栏目有一场阿森纳球星独家采访,我主动申请跟随节目组一起去这个活动,这一次的经历,给我的足球主播生涯,又好好上了一课。

活动是在7月18日,也是我生日过后的第八天,那天正好实体店发布阿森纳新赛季球衣,在上海只有太古汇彪马有,于是我一大早就起床排队去买球衣。这是属于我的自费项目,不能报销的,哈哈。球衣可以免费印号,我想想不印有点浪费,然后听说颜值担当吉鲁下午会来现场,于是就印了12号。我想吉鲁那么自恋,阿森纳球场更衣室的老爷爷也说吉鲁照镜子最多,居然和我有同一爱好,那么他看到球迷穿他的号，一定会很开心。可惜后来下午吉鲁没来，浪费了我的一番好意。

那天的魔都，闷热潮湿，差不多有 40 摄氏度以上了，我整个球衣后背是湿的。球迷朋友也是早早来了在门口排队。在活动开始前，我拿到了流程和问答题目，题目是编导写好的，当时时间紧迫，我也没有仔细研究，就拍了前几题照片放到我的微博上，算是网友福利。但是没想到就是这几道题目和答案，让我被球迷们骂得很惨，因为其中有一题暗指阿森纳是"老四"，非球迷可能无法体会这一点，"老四""娜娜"这些称呼，对于阿森纳球迷来说是无法容忍的。球迷们甚至找到了我 5 月份去阿森纳俱乐部的微博，在下面谩骂，网络暴力太可怕了。

我当时看了特别委屈，删了那条微博，并且重新编辑一条道歉，虽然那些题目并不是我写的，但我确实也有责任，应该斟酌一下再发的。第二天我发了条短信给刘阳老师，说了这件事，他开导我说他做了十几年足球也遇到过这种情况，教导我应该怎样应对。后来我也反思，我看到这些题目没有第一时间反应过来，因为我做英超节目时间不长，对球队的历史渊源、恩怨情仇不是很敏感，所以后期我看了很多书，和很多球迷聊天，恶补这方面的不足。

问答环节结束，终于等来了球星张伯伦、拉姆塞和布拉默，可惜厄齐尔没来。到了和球星踢球环节。球迷们因为等了一个下午，终于要见到球星了，心情像火山一样爆发，都想踊跃到场上和球星们近距离接触。刘阳老师说总共选八个人分组，他选四个我选四个。刘阳老师很快选完了，我看着争先恐后举手的球迷，站在那里不知道该选哪个，又怕没选到的球迷不高兴。然后刘阳老师指着一个个子很高的男生说，你，就你。他自己也很意外，说："为什么是我？"刘阳老师说因为你长得像搞体育的，哈哈，多好的一个理由，关键时刻要迅速做出决策，不要怕球迷不高兴，因为总有人会不高兴。这次活动，我也从刘阳老师身上学到了一个足球主持人应该怎样驾驭球迷。

三位球星在众人的簇拥下抵达现场后，整个场面像100度的开水一样沸腾了。拉姆塞比较腼腆，微笑着不太说话；张伯伦一直笑嘻嘻的，露出两颗大门牙；小将布拉默身高190厘米，皮肤黝黑，有着健壮的大长腿。

拉姆塞因为脚受伤，不能参加互动踢球环节，现场接受了简短的采访："觉得阿森纳下个赛季的门前把握能力有所增强，只要在比赛中没有太多的伤病，把握还是挺大的，四个奖杯至少拿一个吧。中国球迷很热情，他们在我们酒店门口守候，相信明晚对拜仁的比赛，肯定有很多球迷支持阿森纳，明晚气氛会很好，明天对拜仁比赛会全力以赴。"

接下来，张伯伦和布拉默与球迷分组比赛，当然这不是真的比赛，只是看谁进球次数多。前面的球门是充气阀做的，很软，很难踢进球，我试了好多次一次没进。不过球星不愧是球星，脚法果断有力，两人分别都踢进了。尤其是小将布拉默，黑黑的皮肤，身材高大，有点亨利当年的影子。张伯伦很入乡随俗，不但会说中文，还说他喜欢吃中国的饺子和烤鸭，后来看到新闻他去北京还表演现场包饺子。

最后的签名环节，人比较多，我在维护秩序，有幸也拿到了签名。而我被汗水浸透的球衣回去之后也不舍得洗了。

活动结束前，三位球星和所有人来了张大合影。在球迷们的簇拥下，几位球星上车赶赴万体馆训练，准备第二天晚上的比赛。"五星体育•国际冠军杯•阿森纳球迷见面会"圆满结束了。球迷们有的拿到了奖品，有的拿到了签名，满载而归。

最近几天球星们都在赶场，温格教授在交大演讲，吉鲁他们在 Puma 活动，确实也比较累，加上魔都 40 摄氏度炎热的天气，急得小老虎沃尔科特泡在冰桶里降暑。他对媒体表示：上海是一座非常漂亮和国际化的城市，但就是感觉天气太热了，需要好好补充能量。对中国的美食也非常感兴趣，比如火锅。

这场活动让我很开心，见到球星生活中的一面。第二天就要赛场上见了，我买了位置最好的票，也算是用这种方式尽地主之谊。

▲ 五星体育专题节目"枪手来了"

◀ 刘阳老师和我主持

A 三位球星抵达现场

V 中文担当张伯伦　　V 颜值担当拉姆塞

▲ 小将布拉默射门

▽ 枪手球迷合影

Ⓐ 球迷排队签名

Ⓥ 球星大合影

家门口看比赛

2017年7月19日晚,拜仁vs阿森纳的比赛在上海八万人体育场举行,家门口看阿森纳,熟门熟路,不像在英国,没有公交以外的地方都要暴走。从家里走到万体馆只要十分钟,感觉国内还是女球迷多,英超现场没有那么多女球迷的。看到一个阿森纳女球迷和拜仁女球迷在打赌今天比赛谁会赢,赌一包薯片。万体馆里里外外被围得水泄不通。看到球员大巴远远开过来,我向大巴招手,阿森纳的球员也向窗外望来。看到我穿阿森纳的球衣,估计张伯伦也认出了我是昨天做活动刚碰过面的人,于是也热情地招手回应。

万体馆4号通道门口,是球员大巴进入的区域,又看到阿森纳的头牌主播Mitchell举着官方话筒在播报——本次国际冠军杯的内容,阿森纳的官方TV也会播放,所以他们会全程录制。我看到Mitchell在随机采访中国球迷,很想和他打个招呼,可是里三层外三层,我根本挤不进去。还有一位女球迷认出我来,问我是不是那个英超节目的女主持,我说是的,她很开心地对着我笑。我也很开心能被女球迷认出来,因为通常都是男球迷比较多。

提前买了位置最好的票,来不及吃饭,就带了一盒小笼包进去了。阿森纳和拜仁这两支球队,如果上升到国家层面来说,某种意义上代表了英格兰 vs 德国,虽然阿森纳有很多外籍球员。英格兰和德国可是历史上的死敌,无论是二战还是足球。国内的阿森纳死忠粉很多。看到球员们在场上举着球迷们送的横幅,"世界那么大,只爱阿森纳",不知道球员们是否理解这是什么意思。建议球迷会下次准备英文版的横幅,还有法文版,毕竟阿森纳还有很多法国球员,例如吉鲁、拉卡泽特等。当然主教练温格也是法国来的。温格这几天还去上海交通大学进行了演讲,球场以外的他更像是一位博学多才的教授,精通五种语言,大学主修经济学专业。我非常仰慕温格教授这种足球文人。

万体馆的球场外面有一圈跑道,比英超的赛场多了一份距离感。上半场,凭借莱万的点球破门,拜仁 1:0 暂时领先。下半场,伊沃比终场前扳平比分,九十分钟战罢,拜仁 1:1 战平阿森纳。根据赛制要求,两队直接进入点球大战,点球大战中,马丁内斯扑出两个点球,桑切斯射中横梁,最终,通过点球大战,阿森纳 4:3 战胜拜仁。根据国际冠军杯的积分规则,九十分钟内战平,两队各获得 1 分,点球大战获胜的一方再加 1 分,这样,拜仁获得 1 分,阿森纳获得 2 分。

中场休息的时候，我看到阿森纳的工作人员在我座位前几排，于是跑上去想问一下 Mitchell 在哪，正巧 Mitchell 就在旁边，看到我后很开心地打招呼，仿佛从未远离，虽然我们上次见面还是在伦敦的酋长球场。我说了欢迎他们来上海，随便聊了几句，给他推荐了些上海好玩的好吃的，加了 Twitter，看他经常发一些阿森纳相关的文章。合影的时候我拿着一只小狐狸，小狐狸穿着英国皇家门卫的服装，我还带着它去伦敦玩过呢。

结束以后，我来到万体馆旁边的东亚酒店一楼大堂，这里围满了球迷。阿森纳的球迷在喝着啤酒庆祝，电视中正好在放点球大战，我听到阿森纳的英国球迷说着"Stupid German"。这和英国本土文化很像，看完比赛大家要聚在一起喝一杯，聊聊比赛的情况、球员的八卦才够尽兴。然而，我也只能稍微体会一下这个气氛了，因为上海国际冠军杯刚结束，我就要收拾行李赶赴香港进行英超亚洲杯的采访。

对比在家门口看球和英超现场看球的感受，我觉得就球场硬件而言，英超赛场更好，因为万体馆是综合型体育场，球场四周有一圈跑道，不能像英超赛场一样近距离观赛。而且英超比赛前，门口会卖当天比赛的手册，包括首发名单、最近的新闻等，买一本价格也不贵，可以提前了解比赛情况。不过论球场周边配套，肯定是国内更方便。在英国看完球，晚上八九点，商店、餐厅基本都关了，只有一些酒吧开着，饿了叫个外卖也不方便，地铁公交票价都贵，更别提打车。而在上海，看完球周边想吃什么都行，小龙虾、火锅应有尽有,附近还有衡山路酒吧一条街,出租车召之即来、挥之即去,价格也比国外便宜很多。

怪不得很多老外来了上海不想走,回国以后觉得不适应。记得有位意大利留学生回去以后,天天向我诉苦,说他觉得很无聊,因为"Shanghai changed his life.(上海改变了他的生活。)"看来,魔都真的是有魔力的。

阿森纳的将士们结束了当晚的比赛,第二天就赶往北京,参加下一场对阵切尔西的比赛。而我也马不停蹄地赶赴香港,进行英超亚洲杯的采访。

温格教授在交大演讲

万体馆人山人海

球员大巴

A 中国球迷赠送的横幅

B 又见阿森纳头牌主播   C 当天球票

比赛开幕式

太子归来仍是少年

　　2017年的圣诞节，对于英国人来说是返程的日子，而我也要在这个时候重回酋长球场，这次是带着工作任务去的。还记得上次离开的时候和小伙伴们的约定，有机会一定要再来，看来我要提前实现约定了。

　　虽然说我曾在中国大陆和香港采访过多位英超球星，但是去英国比赛现场采访还真是第一次呢！而且这次还是圣诞魔鬼赛程，枪手遭遇红军——阿森纳 vs 利物浦。我要和来自全世界的记者一起，采访全世界身价最高的球星们。拿到英足总颁发的英超ID卡（英超官方备份的媒体证）那一刻，就像小时候妈妈给我买了心爱的布娃娃，有一种梦想成真的感觉。

　　比赛现场还会再发一张媒体证，上面显示开通哪些权限。当天发生的一个小插曲也和这张媒体证有关哦！

2017年12月23日，比赛的当天早上，我还在国王十字火车站直播圣诞魔幻旅程的其他内容，结束后回酒店休息了半小时就直奔酋长球场了。比赛前我要做一个十分钟的单边连线，大概写了提纲，坐在地铁上抓紧时间背了一下。到达球场的时候，我和摄像老师先去用英超ID卡兑换当天的媒体证，场馆地形复杂，也是辗转了好几个地方才拿到证件进入内部。

好不容易找到媒体通道准备进草坪，这个时候小插曲出现了，工作人员看了看我们的证件，说你们不可以进入，因为你们的证件上pitch access没有开通权限。"这不可能，一定是搞错了。"我们解释道，并且拿出官方邮件证明。工作人员固执而严谨地说，我们不看邮件，我们只看证件，你们必须回到刚才兑换证件的地方想办法。于是再多的口舌也是无用的，我们两人又飞奔跑向证件领取处，此时已经有大批的球迷开始入场了。我们狂奔在黑压压的人群中，感觉伦敦的大风都要把我的眼睫毛吹掉了。

气喘吁吁到达证件领取处，那位小哥还在漫不经心地打电话，让我们站在旁边等一会儿。此时，距离单边连线开始只有十几分钟，我们诉说了情况的紧急，摄像同事是急性子，已经有点按捺不住了。而我尽量保持微笑，用最简洁的语句告知情况，而且这确实不是我们的责任。那位小哥听了以后帮我们打了电话，电话结束后冷静地回复我们，你们必须联系你们的媒体解决这个问题。天哪！我们看了一下表，只有十分钟时间了，这怎么可能！此时中国已是凌晨3点！真是叫天天不应，叫地地不灵。我想，我花了时间精力飞了十个小时过来，难道就毁在这十分钟吗？

于是我们只有另辟蹊径，看看从 VIP lounge 入口能不能进入，于是又跑回场内。VIP 包厢门口有一位金发美女很友善地站在那里，胜负在此一搏，我们亮出证件，说要去草地单边连线，时间紧急，希望她能给我们放行。美女看了看我们的证件，准备放我们进去，但是又犹豫了一下，叫来了旁边一位中年女性，发现虽然我们 pitch access 没有涂颜色，但是旁边一个选项涂了，于是领着我们进去场地。

当我进入草地的那一刻，感觉豁然开朗，来自全世界各国的媒体都已经架好机位准备就绪。当我跑到我们机位的那一刻，已经只剩两分钟了。我调整好呼吸，试了一下镜头和手持话筒，看着话筒上英超官方标识，心里那种仪式感油然而生。摄像问我准备好了吗？我说稍等一下，因为那天是圣诞夜前夕，我从包包里掏出一顶圣诞帽，戴在头上，然后说了句"Merry Christmas, I'm ready"，开始单边连线。单边连线主要是为了播报当时现场的情况，镜头后边是整个中国大陆观看比赛的球迷朋友们，我要用语言描述尽量让他们身临其境。

"各位收看比赛的球迷朋友们，圣诞快乐新年快乐，我现在身处英国伦敦阿森纳主场酋长球场，稍后将在这举行枪手阿森纳主场迎战红军利物浦的比赛，此时是伦敦当地时间晚上 7 点 30 分，中国时间凌晨 3 点半，现在伦敦当地的气温是 11 摄氏度，现场观众 60000 余人，其中不乏有很多中国的球迷朋友。目前积分榜，两队仅差 1 分，先来看下历史战绩，最近的五场交锋，阿森纳对阵利物浦是 2 平 3 负，本赛季首回合阿森纳 0:4 惨败给利物浦，阿森纳过去十四个主场有十三场连胜，这是一场复仇之战。再来看下目前两队球员的情况，阿森纳这边，吉鲁、拉姆塞、卡索拉三人缺席，切赫本场也是冲击二百场零封里程碑。利物浦这边呢，没有新增伤停，萨拉赫在上一轮对阵伯恩茅斯的比赛中也是打入了 20 粒进球，是本赛季首个达到这一数据的球员。两位主教练似乎关系很好，克洛普赛前曾说，批评温格是不对的……"

在我身后不远处的草坪上，天空体育的女记者正在和曼联名宿加里·内维尔，还有利物浦名宿卡拉格讨论今天比赛的看点。十分钟的连线我做了八分多钟，后来我采访的照片还被 ESPN 巴西站的记者拍下来放在 ins 上，用葡萄牙语写着"多么年轻漂亮的中国女记者啊"。

上半场

开场十分钟，亨德森受伤无法坚持，米尔纳替补登场。看到亨德森像看到老朋友。比赛第二十六分钟，库蒂尼奥插上头球垫射破门，利物浦 1:0 阿森纳暂时领先，切赫二百场零封破灭。利物浦的客场看台升起一阵暗红色的烟雾，这是远道而来的红军球迷表达自己爱意的方式。看到论坛上一堆段子，有红军球迷祝贺库鸟的第一个头球，有巴萨球迷说库鸟进球要涨价，一副已经买定的样子，那时已经有他要转会的传言了。媒体席上坐着来自各国的记者，有的在速记，有的在解说。我旁边的记者来自匈牙利，他们虽然在欧洲，但也不是每场比赛都来的，可见这场比赛的受关注程度，我还让他不要玩手机认真看比赛，等会儿结束要去提问的。

中场休息

中场休息的时候，我去了一趟媒体休息室，拿了一个迷你热狗就跑到场边，准备和吉祥物拍照。此时又看到了阿森纳头牌主播 Mitchell 带着吉祥物和小朋友在玩游戏，他远远地看到我微笑着打了招呼，已经是第三次见面了，第一次也是在酋长球场，第二次是在上海万体馆国际冠军杯的时候。终于等到了吉祥物小恐龙向我走来，我可是他的 ins 粉呢，他在 ins 上有几万粉丝，对球队来说是种非常好的营销方式。每次看到他和小朋友一起拍的照片，各种可爱表情，都特别治愈系。

下半场

比赛第五十一分钟的时候，利物浦再度进球，菲儿米诺与萨拉赫前场快攻配合，随后菲儿米诺直塞，萨拉赫得球后劲射破门，利物浦 2:0 阿森纳。这时，枪手球迷有点开始坐不住了，前排一个球迷站了起来，用尽所有力气大声呼喊桑切斯的名字。说来也很神奇，大腿桑切斯似乎听到了球迷的召唤，刚过了三分钟，比赛第五十四分钟时，贝莱林传中，桑切斯包抄头球破门扳回 1 分，阿森纳1:2利物浦。此刻，刚才那位球迷自豪地为桑切斯鼓掌，后来才知道他是桑切斯的死忠，而且每次都坐在相同的位置。比赛第五十六分钟，扎卡世界波扳平比分，阿森纳2:2利物浦。两分钟后，拉卡泽特禁区内助攻，厄齐尔低射破门，阿森纳3:2利物浦。比赛第七十分钟，菲尔米诺得球后抽射扳平比分，利物浦3:3阿森纳。比赛第八十四分钟，张伯伦替补出场。张伯伦的表情好像在说：哥几个好久不见。最终比赛定格在了3:3平，阿森纳在这场激情四射的过山车式巅峰对决中战平了利物浦。

我和摄像老师是来到混采区的第一组媒体。这次的混采比香港亚洲杯更难，因为没有固定的采访对象。运气好的能采到几个，运气不好的吃闭门羹。之前就听说厄齐尔几乎不接受采访，伊布如果你问的问题不够精彩，会招来他的讽刺等等。所以我做好了心理准备。过了一会儿，其他国家的记者们陆陆续续来了，还好我们第一个到抢了好位子。球员们也陆陆续续出来了，库蒂尼奥看上去很娇小，菲儿米诺也比电视上精瘦，这两人低着头迅速从我们前面走过，听说巴西库鸟们只接受母语采访，好吧，只能放弃。然后看到马内朝我们走来，他的眼神和我对视了一下，好像渴望我问他什么，可我一时间有点害羞，有点语塞，就让他白白溜走了。

说起来，马内和中国记者还颇有一段渊源呢。媒体人姜晗（新浪微博@姜斯瀚shls）曾在微博上发了一张他2011年给马内拍的照片，那时马内在塞内加尔农村被梅斯球探发现，看到记者有相机，就请求拍照给妈妈看，留了俱乐部的地址，最后他还不忘问："是免费的吧？"

这就是混采的难处，你要时刻准备好问题，随时应对任何球员，我赶紧调整好心态，心想不能再浪费机会了。

正在这时，利物浦队的詹姆斯·米尔纳走了出来，我像看到了救星。据我对米尔纳的观察，他是超级无敌老好人，记得英超亚洲杯的时候，别的球星训练完都进去了，他还在40度的烈日下挨个给球迷们签名，他一定愿意接受采访的，于是我大胆把话筒凑上前去。果然米尔纳停下了脚步，我的问题比较尖锐："对今天的比赛（阿森纳 vs 利物浦平局）结果满意吗？为何利物浦的防守问题迟迟得不到解决？"

显然他对比赛结果和目前排名不满意，让对手进了不该进的球。其实比赛结果很容易改变的，只要全场集中注意力，不要犯低级错误，但很可惜没能做到。

接着，阿森纳队的扎卡出来了。我很想提问扎卡，因为我两次来酋长球场观赛，他都进球了，当天表现也不错，于是我叫了一声"扎克"，可惜扎卡低头说了句"sorry"就走了。唉！美女有时也会被拒绝的。

后来看到法国记者在用法语采访拉卡泽特，大概他只接受法语采访吧。等待期间，还看到今天没上场的吉鲁，打扮很潮地从通道另一边出来，距离比较远，只能遥望。吉鲁毫不吝啬和一位女士合影，很会凹造型。

最后，我终于问到了阿森纳这边的威尔希尔："中场休息时更衣室发生了什么，而后下半场比赛发生了逆转？"他扑闪着长长的眼睫毛说："这是足球，人们对彼此的期望值都很高，我们是好的球员，但我们上半场表现不够好，我们是有能力尽我们最大努力踢球的，中场休息的时候主教练鼓励大家：加油，我们正在踢比赛！这让大家更加清醒，接着我们回到了赛场，下半场进球了，这让我们开心 。"威尔希尔走了以后，旁边一名胖胖的外国记者悄悄对我说威尔希尔还会说中文 。

感叹这位年少成名，但如今有点伤仲永的太子，好在他还年轻，26 岁的年纪东山再起还不晚，祝愿他好运。回国以后，很快看到威尔希尔上了头条，2018 年 1 月 4 日，阿森纳 vs 切尔西的比赛，威尔希尔在禁区内轰出无解世界波。他的上个英超进球还要追溯到 2015 年 5 月 24 日对阵西布朗一战，距今已过去了整整 955 天。希望下次有机会还能采访他。

一日枪手，终生枪手，威尔希尔永远是阿森纳的太子，而阿森纳也一直在守望着太子的归来。

通过这次经历，我对比了演播室直播和现场采访的差异。演播室直播有固定的环境，完整的化妆团队，编导和导播的提示帮助，熟悉的工作人员，循规蹈矩的台本手卡等等。而这次实地采访是在寒冷的伦敦户外雨夜，偌大的到处是门禁的酋长球场，没有化妆没有编导，更加没有台本手卡，所有的问题都要独立思考记在脑子里，还要翻译成英文。最有挑战的是，你并不知道能够采访到哪位球员，只能看他们心情愿不愿意停下脚步听你的问题，你所能做的就是时刻准备好。总结起来就是三字经：靠自己，反应快，够自信！

总之这场比赛很阿森纳，很利物浦，很英超，值得我不远万里飞过来。

- 圣诞伦敦之旅
- 酋长球场现场连线（ESPN 记者抓拍）
- 英超 ID 卡
- 当天的媒体证

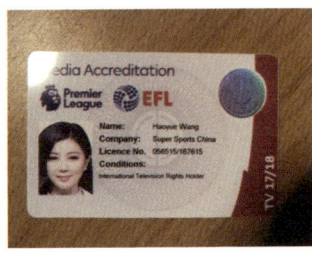

🅐 卡拉格，内维尔和天空体育记者

🅥 维埃拉，内维尔，卡拉格三人同画

🅐 利物浦进球后球迷庆祝

🅥 媒体席上来自世界各国的记者

🅐 我旁边的匈牙利记者

🅥 记者们在认真做着笔记

∧ 赛后提着箱子的马内

∨ 拉卡泽特在接受法语采访

⋀ 赛后混采太子威尔希尔

⋁ 赛后混采詹姆斯·米尔纳

胸口的那颗朱砂痣

和第一次的旅程一样,前一天看比赛,第二天参观球场,这次我是熟门熟路了。此时中国时间已经是24号平安夜的晚上,那天的直播任务就是球场参观。记得上次来这里是5月份,第二次故地重游,没有第一次那么有新鲜感,但却像见了一位老朋友一样,感觉特别熟悉。我像导游一样,边直播,边给同行的球迷们讲解。广场上亨利的铜像依然在那里,我又在原地摆拍了一张第一次滑跪的照片。

在亨利铜像的不远处,是博格坎普的铜像,还有他的经典动作。我让小伙伴帮我拍了一张假装头球进攻的照片,小伙伴说我跳起来表情都扭曲了,我倒觉得这很真实地反映了球员们在场上争抢的状态,那个时候争分夺秒,哪有时间在乎表情。

这尊铜像正是冰王子在对阵纽卡斯尔的一场比赛中飞身停球的造型。美丽,优雅,让人沉醉,这些浪漫的词汇看似不会与快节奏、追求身体对抗的英超产生联系，然而手携郁金香芬芳的冰王子，让这一切成为了现实。虽然他有恐飞症，被称为"不会飞翔的荷兰人"，却无碍他在绿茵场上谱写属于自己的华丽舞曲。而温格的到来，则彻底激活了冰王子，以博格坎普为核心，他打造了属于自己的全新的阿森纳队。

1999年，教授将亨利带到了博格坎普身边，接下来的故事大家都很熟悉。八年的相伴，亨利一定是最会找博格坎普助攻的那一个，冰王子优雅的分球，国王风驰电掣的破门，这些都已经成为那个英超双雄争霸年代中海布里最美丽的风景。2001/02赛季再夺双冠王，2003/04赛季的不败之师，那支属于教授，属于亨利，也属于博格坎普的阿森纳，至今在英超的记录册中熠熠生辉。2006年7月22日，阿贾克斯vs阿森纳，冰王子的起点与他的终点，这一天是枪手新家的揭幕战，这一天也是冰王子的谢幕战，原来他将一切都留在了海布里，如今阿贾克斯已经成为冰王子教练生涯的新起点，祝愿冰王子教练生涯也一样如郁金香般芬芳。

博格坎普和亨利曾是阿森纳的经典搭档，博格坎普的技术和创造力＋亨利的速度和射门，让我不禁感叹球场或人生都难得这样的知己。

在球场边，偶遇了一位金发碧眼的阿森纳小美女球迷，她在寒风中穿着短袖的新赛季球衣，纯洁得像天空中的白云。我在球场看到过很多小球迷，但是小女生球迷还真不多。我问她你不冷吗？她有点害羞地说不。然后她告诉我她很喜欢阿森纳球衣，所以要穿在外面。作为一名女性球迷的我，非常了解女生的心思，有人说美女都喜欢阿森纳，嘻嘻，因为美女都爱美啊，红白相间的颜色穿在身上的确很好看。而且前几个赛季的球衣是紧身的，吉鲁等肌肉男穿在身上隐约可以看到六块腹肌，因此阿森纳球衣对身材还是有要求的。阿森纳球员的身材也都还不错，很少有鲁尼这种圆圆身材的呢！

在主队更衣室又遇见了一位可爱的老爷爷，他自称若干年前也是足球运动员。我和老爷爷调侃让他告诉我一些更衣室的八卦，当时我正坐在吉鲁的座位上自拍，他说吉鲁的自恋程度不亚于我，在更衣室的大部分时间，吉鲁都要边照镜子边整理发型。老爷爷还模仿吉鲁的动作，逗得我们哈哈大笑。然后我说每次比赛结束是不是更衣室里充斥着汗味，应该保留这种味道让我体会真实的感觉。于是老爷爷带我来到旁边一个类似于泳池的地方，说这个泡澡池的水是由多种矿物质组成，就是再臭的脚泡进去也能洗掉味道，哈哈，老爷爷实在太可爱了。临走的时候，我和老爷爷合了一张影，我教他把手做成手枪的姿势，我和他解释说，这个手势在英文里其实是数字"2"，但是在中文里我们形象地比喻成手枪，就像阿森纳的枪手标识一样呢！告别的时候，我和爷爷说这是我第二次来啦，我还会再来的，后会有期。

直播结束正好是午饭时间，迫不及待想去吃球场旁边那家西安印象，熟悉的肉夹馍味道，上次来也是吃的这家。我是容易怀旧的性格，每次都喜欢点一样的菜，坐在相同的位置，只是每次来的小伙伴都不同。话说这家西安餐馆开在球场旁边生意可好了，不仅中国人来吃，老外也爱吃肉夹馍，他们称之为中国的汉堡。每次出去吃饭，我都是吃得最多的，比男生吃得都多，别人吃六七镑，我起码要吃个10镑，大概要接近100块人民币了。但我就是光吃不长胖，让队友们羡慕嫉妒恨去吧。况且我一直在工作，消耗也很大的，我都会这样安慰自己。哈哈。

吃完午饭，我们逛了逛纪念品商店。我买了一个阿森纳限量版的圣诞老人，这次没有上次那么冲动了，这种小的纪念品都要10镑左右一个，随便买买1000块就没了呢！

纪念品商店里还有以假乱真的球星电子签名，看上去真的像刚用签字笔签出来一样，还可以写上你的名字。在这里不小心透露一下，上次两位中超球员朋友让我带签名，我带的就是这个电子版的，希望他们此刻没有在看这一段，哈哈，怎么说我也是花钱买的，十几镑一张呢！从纪念品商店出来，我在球场旁边又发现了一家很小的店，这里的东西都是有历史的，我看见一条有着阿森纳诸多球星头像的围巾，老板说这是他的镇店之宝，不卖的。

我们完成了本次英超圣诞魔幻之旅的全部任务，也感谢新英小伙伴们的搭档配合。在完成工作以后，我终于可以去牛津街逛逛，感受一下圣诞气氛了。同行的腾讯球迷说，我是他见过的第一个把工作排在购物前的女主播，他被我的敬业精神感动。渐行渐远的时候，我又回头深情地望了一眼酋长球场，那一抹红色慢慢变小，最后聚焦成一个圆点，像印在我心口的朱砂痣。二十二年前，温格教授带领着阿森纳，在力量横行的英伦，大打美丽足球，我爱所有关于美丽的事物，这是我关于红白王国的记忆。有人把温格教授比喻成诸葛亮，但丞相最后的结局：因未完成先帝遗愿，仰天长叹"悠悠苍天，何薄与我"。祈祷温格教授告老还乡之时，能够带领枪手再创辉煌，令此生不留遗憾。但历史上往往是悲情英雄，更能够留下刻骨铭心的记忆。这次是我第二次来阿森纳，下次不知道何时和谁再一起来。只愿下次再来之时，一切若只如初见，愿君永是初见时！

- 博格坎普的铜像
- 又见亨利的铜像

A 不怕冷的小球迷

V 主队更衣室的爷爷　　V 更衣室的水池

- 媒体休息区
- 更衣室全景

∧ 温格教授的铜像,下次再见　　∧ 阿森纳限量版圣诞老人

∨ 西安印象肉夹馍店

 # 八卦阿森纳

最大牌的粉丝,当然是英国女王伊丽莎白二世了,2007年时她被爆出五十多年来一直是阿森纳的支持者。

阿森纳队徽上的大炮来自他们的绰号"枪手(Gunners)",因为俱乐部原来的球员都是伦敦伍尔维奇区皇家兵工厂的工人。

和阿森纳有关的电影:《极度狂热》《温格的十一人》。

在队歌《hot stuff》里,队友的名字被一一加入到歌词中,充满了对团队的鼓励与支持。

阿森纳队的吉祥物叫"枪手雷克斯",非常可爱,据说是一个11岁的孩子创造出来的,广受女球迷和小朋友的喜欢。

瓜式足球的奥秘

  2017年5月26日，杭州的初夏也是烈日高照，得知由新网科技举办的"曼城俱乐部官方训练营"驻扎在杭州郊区，我当时正好在支付宝总部，就特意赶去训练营旁听，为了感受一下原汁原味的曼城青训。天很热，球场上绝对可以直接做烧烤了。当天的训练分为室内战术课和室外分组对抗，基本上都是各个足球学校的同学，甚至还有一位女同学。

  那个时候，2017/18赛季还未开赛，但是2016/17赛季中蓝月亮曼城已经进入前四，排名第三，瓜式足球越来越被英超认可。记得瓜迪奥拉刚到曼城时，前绿洲乐队词曲作者、曼城死忠诺尔·加拉格对其进行了专访，关于为什么来曼城，他说道："我对英超几乎一无所知，我必须从头开始学……他们告诉我英超难度极高，我的这一套在英超行不通，我说，为什么不索性飞过来试试呢？所以我来了，为了证明自己。"

而 2017/18 赛季曼城出色的表现，兴许正是瓜帅对恩师克鲁伊夫在天之灵最好的告慰，他坚持其所信奉的足球哲学，在强势英超的质疑声中证明了自己。据英国媒体报道，前曼联队长鲁尼希望自己的儿子凯伊走上足球之路，但令人意外的是，他最近把凯伊送到了曼城的少年队踢球。在过去，曼联的范佩西、弗莱彻和菲尔·内维尔，都曾带着自己的孩子到曼城的训练场训练。

而亨利近期在天空体育评论瓜帅时，更是称英超将会迎来"史上最伟大的教练之一"。下面是亨利选择的五个关键词：哲学，体系，纪律，预备工作，个人影响。带着这几个关键字，我开始了一天的学习。

我以前一直在想，为什么某个青训体系出来的球员，会带上这个俱乐部特有的风格。我听了课以后才知道，曼城青训的风格，从队伍的技战术特点，再具体到单个位置上的球员风格，居然和他们的一线队非常接近。他们从一线队，到 U21，再到 U18，以及更小年龄段，都保持着统一的技战术要求。这不仅体现在训练中，也体现在选材上。

比如，一线队如果缺少高中锋，那么，青年队就有意识地在选材、训练方面加以配合。这样的话，就能确保整个梯队建设和一线队保持一致。俱乐部既不会出现人才的断层，也不会出现某些位置上人才的短缺。而且，自己培养的队员，如果将来踢出来了，成本其实是比较低的。可以补充到一线队，也可以通过转会获得回报。

要问瓜迪奥拉的理念在曼城刻上了怎样的烙印？那绝对不是只有一线队被要求打瓜式足球，瓜式足球已经深入了整个曼城文化的方方面面！在理论课上，三位英国本土教练向大家概述了曼城足球的基本理念，曼城常用的阵型是433、442和4231，教练一直在重复三个单词，movement、space和communication（移动、空档和交流），期间结合战术视频和图片仔细讲解，还不断地提到阿奎罗和亚亚图雷的名字，给大家举例子。

在进攻和防守两端，曼城会各自分为三个阶段。

进攻的第一个阶段由门将开始，也就是说的"门将必须要能出球"。教练告诉我们除非态势很紧急，否则在曼城体系下门将禁止草草开大脚无谓送出球权。中卫和边卫都需要侧身面对门将，随时准备接球，在门将出球一瞬间要保持门将和其他三个点呈菱形站位，并向门将靠拢。其实就是出球线路选择的多样化。

第二阶段，是中场控制。

第三阶段，是前锋在前场进行短距离传递，有创造力地传送，最终确保进球。

在防守中，瓜迪奥拉的理念是欧洲比较先进的高位逼抢。

第一阶段，也就是在丢球后马上组织反抢。

第二阶段，就是球进入中场之后，中场联动以小组上抢方式压缩对方进攻空间。

最后在第三阶段，球靠近曼城禁区的时候，瓜帅的要求是不惜以任何方式都要破坏皮球，而不是想办法在这个区域控住皮球。

最后，教练还让我们分组自己画阵型图。和蔼可亲的白头发教练爷爷约翰说："足球是需要发自内心的热爱，只要从小培养，谁都不会比谁差，只有你想与不想的问题，不听话的孩子？足球的客观规律自然会淘汰他的，整个球队的氛围也会让他待不下去的。有团队意识、牺牲和奉献精神很重要。胜利是由表现出色、尊重计划、控制球和积极跑动共同铸造的。"

光说不练也不行，教练带我们上了训练场。球队发的矿泉水，要求写上自己的名字，职业球队很忌讳水瓶交叉使用，既卫生又节约用水。

因为我是零基础菜鸟，教练给了我一个球，让我在旁边玩。我就一直低着头在踢，约翰教练告诉我："Vivian, try to keep your head up.（试着把头抬起来。）"哇，这个对初学者来说很难，就好像小时候学钢琴，一开始总想看着琴键，时间长了熟能生巧才能抬头。People say that footballers speak with their feet.（人们常说踢球是用脚说话。）后来我还拍了个小视频，对比身后队员们快速的练习，我踢球看上去就像慢动作。

教练在草地上摆满五颜六色的障碍物，然后让大家开始热身。整个热身环节就把大家累坏了，教练还不停地让大家加速，快一点，再快一点。我在旁边听得心跳加速，怪不得真正的英超比赛球员跑动速度如此之快，都是平时训练出来的。教练还用各种盘带小游戏把大家每一寸韧带都给打开，也让大家明白热身不止有跑圈和拉伸，用这样游戏和趣味的东西，可以让更多孩子对训练产生兴趣，爱上训练。热身下来后，队员们大汗淋漓，但喝了口水休息一分钟就立刻开始实战了。

在实战环节中，教练不断喊停，告诉大家分散站位。在场面被动的情况下不允许前场的人员回到后防线上导致阵型被压扁。在过程中教练不断提到一个词，那就是"创造空间"。在曼城理念中，不论进攻还是防守都是整体为上，团队进攻，相互扯动，为彼此创造机会。基本上在进攻中是三角形跑动，彼此都有接球点。并且，在队形靠上的时候，门将也要往上压，减少对方打反击时的空间！同时也可以更好地接应队友。

分组对抗的时候，教练先示范了一下娴熟的脚法，然后让大家自己练习。每个人都练得很认真，珍惜这难得的机会，队员们也普遍觉得今天的训练比平时强度要大，挺有收获的。教练纠正大家动作的时候，会首先问球员你觉得哪里做得不舒服，先让大家思考给出答案，然后教练才会示范他是怎么做的，而不是一开始就给出答案，让大家机械记忆，所以说踢球也是脑力劳动。

值得一提的是，我看到隔壁场地有一群女足在训练，小姑娘们扎着马尾，巾帼不让须眉，在烈日高照下挥洒青春，让人顿时觉得国足的未来后继有人了。

中午吃完饭，有一个小时的休息时间。我和队员小伙伴们坐在大堂聊天，他们基本都是来自各个体校的学生。我问他们："你们踢球有没有什么梦想，或者说有没有给自己定什么目标？"有的回答我说，以前有梦想，现在没了，太难了，想在学校里当个体育老师，把肚子减下去。有人回答我，小姐姐你不了解我们这行，想踢出来不是只有梦想就行的。还有人说羡慕张玉宁的机遇，以前在杭州和他一起踢过球等等。

我很期待听到一个让我振奋的答案，就像足球励志电影的片段。比如：我想代表国家队征战世界杯，我想去五大联赛踢球，我想成为中国的瓦尔迪！作为一名足球从业者，我期望看到越来越多的中国球员走向世界舞台，就像曾经的曼城中国太阳：孙继海。我还记得有一位英国朋友告诉我，他最喜欢的水晶宫队长是范志毅，每当我听到这些话的时候都觉得特别自豪。

六百年前的中国，郑和下西洋，造就了一次人类史上伟大的壮举，27000多名勇士不畏艰险，让世界重新认识到来自古老东方的力量。而在世纪之交前后，有一批勇士以另一种方式，开启了中国探索世界的征程。范志毅、孙继海、李铁、董方卓，他们代表着梦想与希望，在地球另一端的英伦半岛上，发出耀眼的光芒。

那些年，欧洲足球对于中国球迷来说，主队绝不止于曼联、阿森纳、皇马等超级豪门，水晶宫、法兰克福、慕尼黑1860等等球队，都有着令中国球迷魂牵梦萦的一段经历。反观现在，五大联赛里已经没有了中国球员的身影，与此同时，日本韩国的球员却已跻身顶尖球队，一进一退之间，中国足球已经被我们的邻国拉开了距离。每当我看到家门口绿茵场上青训营的小将们，我就觉得在不久的将来，我们一定会追赶上来。我曾立下誓言：国足未进世界杯，我不敢老！

如果此刻，有人问我："你的梦想是什么？"我会回答："我想成为顶尖的足球女主播。"也许一年前我说这话的时候，连我父母都会笑话我，更别说其他人，但要坚信自己内心的声音，因为没有人比我更了解自己。我坚信梦想还是要有的，在我成长的道路上，我也不断给自己制定目标，每完成一个小目标，我就会再定一个更大的目标。人生不过百年，每一年都应该有目标，梦想不是一日实现的，只要你足够努力，足够聪明，足够坚持，也许就像瓜帅一样，终究会证明自己的。

A 曼城官方训练营

V 室内战术课

▼ 曼城青训教练

A 勤奋练习的球员

V 教练讲解中

A 结束大合影

V 女足姑娘们

阿奎罗的表演

如果说上次在杭州曼城青训营，对瓜式足球是"管中窥豹"的话，那么现场观看蓝月亮的比赛，可以说是"而知全豹"了。

2017年9月23日，我的英超自由行第一个目的地是曼彻斯特，那么参观曼市双雄必不可少，曼城在那个周末有一场对阵水晶宫的比赛，早早在网上预定了票，准备去现场观战。

我住的酒店是 Hotel Football，下午出发看球前，我咨询前台怎么去伊蒂哈德球场，前台美女客气地回答了我。然后等我一转身，听到她们在窃窃私语，讨论我怎么住这个酒店却要去曼城看球。我才意识到，我住的酒店是曼联92班吉格斯和内维尔经营的，从某种意义上代表曼联，他们的员工也有强烈维护主队的意识，下次我就知道了，不要在主场旁边的酒店提到同城死敌的名字。不过值得一提的是，Hotel Football 的确居住舒适，物美价廉。

相比伦敦，曼彻斯特整个城市不大，到哪都很方便。到伊蒂哈德球场附近时大概距离比赛开始还有一个多小时，蓝月亮的球迷们已经边唱歌边涌进球场了。球场门口按照惯例还是有些小推车卖比赛围巾等商品，我还真的挺喜欢这种小推车的围巾，不仅价格比官方店便宜，而且设计得很有特点，有各种样式可以选择，比如主教练头像、历届名宿头像等等，质量也还不错。我和同去的小伙伴问了一下围巾的价格，有10镑的，也有6镑的，价格不等。小伙伴问了一句可不可以便宜点，那个胖胖的老板幽默地说："不好意思，想买便宜的请去老特拉福德。"让我们又再次体会到了同城死敌的概念。最后我们还是掏腰包买了一条，浅蓝色的围巾配我那天的白色皮衣还挺好看的。我这一路旅行下来，购物最多的就是围巾，到每个球队都要买，买买买。

走近球场外面的广场，看到人潮涌动，还有骑警维护秩序。两名骑警是英姿飒爽的女性，非常配合我拍照。大家按照票的种类排队入场，我感觉在英国看球，女球迷比中国少很多，当然在国内有一部分女球迷是陪男朋友来看球的。我排队的是家庭票这边，看到很多家长带着小朋友一起，有的小朋友脸上画满球队logo，有的小朋友穿着迷你版的小球衣，特别可爱。

入场以后，我的位置特别好，紧挨着球场，旁边又坐着一堆可爱的小朋友。我最喜欢和小朋友聊天，像个长不大的孩子，而且国外的小朋友思维更加早熟，很小就有自己独立的见解。坐在我旁边的小朋友边看边和他爸爸讨论比赛，遇到意见不一致的时候，他还解释给他爸爸听他的见解。然后前排胖嘟嘟的小女生在吃热气腾腾的肉派，就是看上去像蛋挞，不过里面的馅是猪肉的，香味飘过来让我嘴馋，问她在哪买的，我这个吃货后悔没买一个。总之那天看球我对座位很满意，像参加了一个温馨的幼儿园聚会一样。

曼城这边是阿奎罗、德布劳内等球星全部首发，水晶宫本特克也上场，这样的阵容让我觉得值回了票价。

这场比赛我主要也是为了阿奎罗来的，上届世界杯看过他的表现，并且阿根廷队在我心目中的地位很重要。非常期待他能够在俱乐部发挥出色，然后今年夏天，能够和梅西一起带领阿根廷队勇闯世界杯。

亨利对阿奎罗的评价很高："最接近世界级，或已经达到世界级，或曾经是世界级的射手就是阿圭罗了，他赢得过英超冠军，也进过世界杯决赛。他的状态巅峰期时间很长，这是我要称赞他的地方。"

比赛上半场临近结束，双方均未破门，迟迟打不开局面，瓜帅怒踹替补席座椅。但是四十四分钟的时候，萨内挑球过人后机敏捅射破门，曼城 1:0 领先。

期待下半场阿奎罗能有精彩表现。

中场休息的时候，非常有意思，曼城的吉祥物是一对情侣，公的叫 Moonchester，母的叫 Moonbeam，母的经常会害羞。两个小可爱一起出来给大家送礼物，礼物是曼城的球衣，扎成一个个球的形状，由吉祥物像弹弓一样射出，特别好玩，让我想到了童年的游戏。一圈下来送出了几十件球衣，看得出曼城这家俱乐部非常重视球迷感受。记得 2016 年在北京鸟巢的曼市德比取消以后，也是送出了一百多件球衣给球迷作为补偿。我坐得太近了，球衣弹得都比较远，可惜没抢到，不过跑到场边和吉祥物合了影，Moonchester 还做鬼脸抱抱我，毛茸茸得好柔软。

下半场，曼城势如破竹，阿奎罗也开始了他的惊艳表演。第五十八分钟，阿奎罗前场左路与席尔瓦撞墙配合后禁区内带球晃过两人防守打门，只见阿坤一身蓝衣，在几名黑色队服的水晶宫球员当中，分球过人，游刃有余地穿梭，好像进入无人之境。第五十九分钟，德布劳内左路大范围转移到右侧，阿奎罗跟上将球凌空推到门前助攻斯特林。第七十九分钟，萨内左路精准传中，阿奎罗门前头球将球顶进，这个动作被称为空中喂饼，阿奎罗虽然个头不高，但是头球很猛。看到这个状态，我很欣慰，希望他能够保持状态向俄罗斯世界杯进军。

水晶宫这边，本特克受伤被换下，老帅霍奇森表情无奈，联赛至今还没开张，霍奇森可是前英格兰队主教练哦，可见英超竞争的残酷。想起在英超亚洲杯时和本特克也聊过，现在不免有点同情水晶宫。远道而来的水晶宫球迷也寒心了，纷纷提前离场。最终比赛定格在了曼城主场 5:0 大胜水晶宫。

比赛结束以后，球场外面的舞台上还有乐队表演，曼城的球迷们跟着节奏唱歌庆祝。我也搭乘轻轨回市中心，约了当地朋友在曼彻斯特最高的楼顶酒吧喝上一杯，欣赏这座足球之城美丽的夜景，第二天准备去曼城俱乐部参观，据说土豪老板新建了个Tunnel Club，想去探个究竟。

A 我买的球队围巾　　A 球场外人山人海

A 球场门口的骑警

V 球场门口卖纪念品的摊位

Ⓐ 拥抱吉祥物

Ⓥ 可爱的曼城小球迷

阿奎罗首发

A 进球后的庆祝

V 替补球员热身

曼彻斯特的蓝月亮

  在观看完曼城比赛的第二天，我又来到俱乐部参观。有这样一个说法，就是在全世界曼联球迷比曼城多，而在曼彻斯特本地曼城球迷却比曼联多，这让我想到了从伦敦到曼城火车上发生的一件趣事。

  在火车上的时候，我拿出了刚买的《弗格森自传》，开始翻了起来，封面上弗格森的画像栩栩如生，老爵爷总是这幅老顽童的表情，怪不得他老婆说他在家就像个孩子。这时有位可爱的胖叔叔列车员，推着零食车过来了，坐火车怎能少了零食相伴，于是我麻烦他停一下，看看有什么好吃的。

  然后胖叔叔瞄了一眼我书的封面，指着弗格森的头像恶作剧地说："这是谁？这是厕纸吗？（英国人经常用厕纸形容一些垃圾报纸刊物。）"让我把它扔到马桶里去。天哪！我都惊呆了，怎么会有人质疑弗格森爵士的权威，至少在国内我身边没遇到过这样的人。我很疑惑地问："Why, why do you hate him？"于是胖叔叔说："You know why."接着从裤子口袋里掏出一个带着体温的皮夹子，在皮夹的右下角有曼城的小蜜蜂标识，他灵活地弯下胖胖的身体，深情地吻了一下这个钱包，然后说："That's my love."那一刻，我觉得空气都凝固了，虽然我不赞同他嘲笑弗格森，但是被他的忠诚深深感动，而且那个小蜜蜂，是曼城俱乐部以前的logo，看来这个皮夹子一定是有很多年历史了。我想了想，笑着回应了一句阿迪达斯的广告语："Yeah, there will be haters.（是的，总会有人不喜欢。）"我觉得这句话教会我们用辩证的思想去看问题，这个世界上有人爱你，就可能会有人恨你。

在英国这个面积只有中国四十分之一的小岛上，从最基础的业余联赛，直到顶级的英超联赛，横跨十级联赛，总共有百支球队，人们的目光不会只停留在英超豪门。还有一些从很小时候起就伴随他们长大的小球队，即使成绩平平，他们也会终身追随，就像自己的母校一样，即使自己骂了千遍万遍，却不许别人骂一句。当然，从经济层面来说，有些球队可以说是一个小城市的命脉了。

回溯历史，英超的产业化始于1983年，其后在不到十年的时间内，曼联上市取得了轰动性的成功，英超联赛启动，大量电视转播资金以及商家赞助流进各家俱乐部的金库，英格兰足球逐渐成为英国国民经济中一个举足轻重的产业。

英超还给英国提供了大量就业机会。据安永会计师事务所提供的数据显示，英超联赛为英国提供超过十万个全职工作职位，其中包括超过六千个直接为英超工作的职位，如球员、俱乐部工作人员；超过六万五千个间接职位，如为英超提供物资的公司的工作岗位；还有超过三万一千个催生出来的职位，是由上述两个职位的人消费而产生的，如零售商。

首席经济学家马克·格里高利预言："英超的成功是建立在高质量的足球比赛基础之上的，它创造了一个'经济成长周期'，对英国经济和社会的巨大贡献还将在未来几年继续增加。"

曼城给人的印象，是曼市近郊那一轮浅蓝的月亮。

曼城球场观光给我印象最深。前一天去观看了曼城 vs 水晶宫的比赛，人声鼎沸万人空巷，参观那天下午球场却出奇的安静，真的像一轮寂静的蓝月亮。曼城的浅蓝色让人感觉很清新，就连旁边的咖啡馆都被叫作 Blue Moon，因为我的名字里有个玥字，所以对月比较敏感。看到球场门口很多欧洲媒体的采访车，因为第二天正好是欧冠。

迎接我们的球场向导是一位幽默的老爷爷，他见到我们第一句话就是："欢迎来曼城俱乐部，我在曼城工作了五十年了，从 15 岁开始。请问你们来自哪里？"我自豪地说："我来自中国太阳孙继海的国度。"老爷爷立刻激动地说："Wow，Sun Jihai was a fantastic player for us."是的,孙继海曾给曼城球迷留下了深刻印象。

哇，老爷爷就是一本行走的历史教科书，于是在他的带领下我们翻开了书的第一页。我礼貌性地问了爷爷的名字，他叫麦克，于是之后我都称呼他麦克。那天参加曼城观光团的人很少，麦克戏称我们今天都是他的VIP。我暗自窃喜，因为我总是满脑子的问题随时想发问，今天有足够的时间。先是一段开场电影，带我入戏，电影一再强调"The city, My city"的概念。麦克指着球场外部旋转的楼梯上面的蓝色贴纸，让我们猜这是什么，一圈圈蓝色的贴纸远看像飘在空中的蓝色丝带，这一定是有特别寓意的。原来这是所有曼城球迷会的名字，曼城这家俱乐部给我的感觉对球迷很重视，之前在中国因客观原因取消德比那场比赛以后，他们送了很多官方球衣补偿球迷。

接下来我们正式进入球场内部。麦克幽默地提醒我们，检查一下包里有没有曼联的围巾，不然保安要给黄牌的哦，又再一次感受到了同城死敌的氛围。我们参观的顺序是从Tunnel Club进入，就是俱乐部的VIP餐厅。在餐厅的座位上可以看到隔着玻璃的球员通道，位置也有讲究，价格最贵的可以看到球员入场，靠里面的包厢可以看到赛后混采。麦克重点介绍了球员通道。我们做了个小游戏，麦克打开球员入场音乐，然后让我从球员通道走出来，有意思的是从球员通道的玻璃是看不到里面餐厅的，就是一面镜子，我还对着镜子照了一下。看来餐厅里的观众可以尽情欣赏球员们五花八门的表情，就像欣赏水族馆里各种各样的鱼一样。

从球员通道走进球场看台区，正逢欧冠，所以有欧冠的标识立在那里。球场边缘有一个弧度，利于雨天排水。麦克问我比赛的时候坐在哪，我说坐在家庭专区那边，嘻嘻。麦克说家庭专区那边的票比较便宜，为了吸引父母带着小朋友一起看，这样小朋友从小就会成为曼城的粉丝。哇，这个可是球迷养成计划啊！那天看球，我周围的确有很多可爱的小朋友。看台上的 VIP 坐垫下面可以加热，还有方针草坪，仿佛坐在草地上看球。远远望去对面看台有几个特别的包厢，上面有标示 China Airway，原来是中国国航在这里的包厢，常有飞行员出没。还有明星包厢、瓜迪奥拉包厢、曼城名宿守门员包厢等等，麦克开玩笑说一般他们都是带老婆或女朋友来看球的，或者两个人同时带来。

客队更衣室很热，暗色调，让人犯困，麦克说这是心理战术。曼联球员做客这里时会自己带水，阿森纳会自己带食物，好像怕他们在水和食物里下毒一样，听上去足球就像是一场现代战争啊。

来到主队更衣室。天哪！我原以为酋长球场的更衣室是最漂亮的，但是这里有过之而无不及。浅蓝色圆形更衣室，像希腊神殿一般闪闪发光，每个球员座位下面都有个保险箱，用来存放贵重物品。席尔瓦等几个西班牙球员喜欢坐在一起，更衣室也要拉帮结派。于是我问阿奎罗的座位在哪，他一定很有钱，我还试图破译阿奎罗的密码。更衣室的中央有一个圆圈，麦克让我站在那里学瓜迪奥拉说话。我清了清嗓子，说："Can anybody hear me？（大家都能听到我说话吗？）"顿时我的声音环绕在整个更衣室里，原来在更衣室上方有个扩音器，用蓝牙传输的。麦克还问我特维斯在上海怎样，我说过得很潇洒，在逛迪斯尼。

麦克知道我是做媒体的，还带我来到媒体休息室，因为媒体很重要，所以要好好招待他们，有美味小食、酒水饮料自助。

球场旁边是青训场地，门口戒备森严，不可以拍摄。我偷瞄了几眼，里面未来的丁丁、阿奎罗们正在紧张训练着。如今的曼彻斯特已不止属于红色，一轮浅蓝色的月亮正在快速升起，对于观众来说一枝独秀不如百花齐放来得精彩。曼城不再是那个吵闹的邻居，他已悄然成长为新的豪门。这支由于孙继海登陆英超而让国人熟悉的球队如今改头换面，本赛季，在瓜帅的带领下，将传控足球席卷英伦，联赛冠军势在必得。祝贺曼城俱乐部本赛季的成绩，也希望早日拥有自己布满奖杯的博物馆！

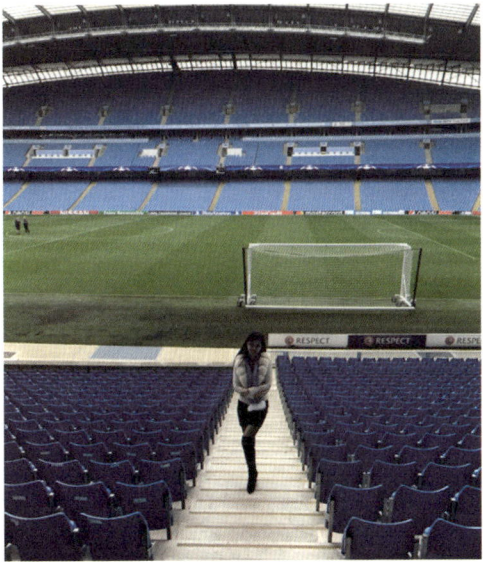

Ⓐ 所有曼城球迷会的名字

Ⓥ 俯瞰伊蒂哈德球场

A 发布会场地

Ⓐ 正逢欧冠

Ⓥ 媒体席

∧ 主队更衣室

∨ 阿奎罗的保险箱　　∨ 丁丁的球衣

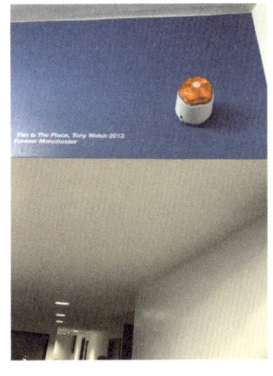

- 更衣室的铃
- 主队健身房
- 媒体休息室
- 青训场地

曼城八卦

曼城的吉祥物是成双成对的,哈哈,一个叫Moonchester,一个叫Moonbeam。母的会经常躲在公的后面,做出各种害羞姿势,真是忍不住想亲她一口。

相对曼联队歌的激情火热,曼城队歌《Blue Moon(蓝月亮)》是一首柔情风格的歌曲。蓝色的月亮和曼城的蓝色梦想,是不是很搭配呢?

伊斯坦布尔之夜的秘密

　　阿森纳处女行回来后，我又回归了演播室，那时2016/17赛季已经接近尾声了，我还沉浸在比赛的氛围中不能自拔。有一天直播结束，我收到了一条短信，是某公关公司发来的，他们在协助利物浦官方寻找利物浦名宿中国行活动的主持人，对主持人的要求是懂英超会英文的女主持，关键就在这个"女"字，如果要是男主持，那就竞争激烈了。公关公司负责人说她第一个想到了我，利物浦那边要求较高，要搭档俱乐部官方主持人一起，不能刻板地翻译，要求和球星球迷们互动。我很想主持这次活动，上次去阿森纳也只是远观球星，这次能够近距离对话名宿，我一定要抓住这个机会，于是迅速把我的资料翻译成英文发给了利物浦总部。

　　功夫不负有心人，资料发过去当晚我就被敲定，接下来的任务就是耐心等待利物浦队的降临。

　　活动前一天彩排，我拿到一件新版球衣。搭档利物浦官方电视台头牌男主播,一起翻译主持了"走进利物浦的世界,暨渣打银行利物浦月"活动。

2017年5月16日,四位传奇球星萨米·海皮亚、路易斯·加西亚、罗比·福勒、约翰·巴恩斯莅临现场。海皮亚和加西亚身材保持得很好,巴恩斯和福勒的身材略有发福。尤其是巴恩斯,看上去很富态很可爱,有人评价他是胖版的梅西,当年速度很快,可是他的语速比他球场上的速度还要快,我最怕做他的翻译,而且还喜欢做各种搞怪表情,四个人里面就他最活跃呢!后来第二次遇到巴恩斯是在香港英超亚洲杯。他们四位在活动开始之前,在活动场地的黑科技球门旁边小试牛刀。

他们从象征着利物浦球队的香克利大门出发,首先走进了安菲尔德球场VR体验区,不少观众也戴着VR眼镜跃跃欲试。那个时候我也没去过安菲尔德,通过VR体验,我感受到了球场热闹非凡的场景,耳边不断响起"you'll never walk alone"的歌声。球星们也说真实的球场比VR能感受到的还要更大更热闹,欢迎大家有机会去实地参观。

接着再走进迷你更衣室。这个主场更衣室里悬挂着四位球星当年的球衣,他们坐在自己当年的座位上,回头看着自己的战袍。时光仿佛又回到了那个红军屡次夺冠的年代。这四位球星都为红军立下了汗马功劳。"黑色火箭"巴恩斯屡次夺得联赛冠军,"上帝"福勒带领球队获得"小三冠王";永远的红军队长海皮亚,还有永远的红军10号加西亚,这两位正是伊斯坦布尔奇迹的创造者。

此刻全场响起了比赛入场音乐，他们习惯性地进入了比赛状态，巴恩斯摇头摆尾，福勒摩拳擦掌，加西亚深呼吸，海皮亚则陷入了沉思。这位有着北欧血统的老队长，蓝色的眸子闪着亮晶晶的光芒，于是我走上前去问他："您在思考什么呢？"海皮亚说："每次比赛前十分钟，我只想静静地坐着，然后迎接安菲尔德球场50000多名观众。"此刻，旁边围观的利物浦死忠们湿润了眼眶，我也被海皮亚的话感动了，他们有一种真想再踢五百年的冲动。四位球星有的年近半百，坐在更衣室的专属座椅上，看着曾经属于自己的号码，满眼都是当年的影子。我当时心里就在想，我一定要去利物浦安菲尔德球场看看。

接着，大家起身走到欧冠奖杯区域，回忆起神奇的伊斯坦布尔之夜。加西亚感叹道："我们当时能进军伊斯坦布尔，首先要在安菲尔德主场击败尤文图斯和切尔西，这已经很不容易。而且我们在客场与这两支球队比赛时同样能保持球门不失。我记得在对切尔西队的第二回合比赛中我打入了制胜的一球，那个时候特别希望能将这份喜悦和队友们一起分享。"

我觉得即使是其他队的球迷，也对神奇的伊斯坦布尔之夜不会陌生，这是历史上少有的大比分逆转绝杀。于是我很好奇地问了一句："神奇的伊斯坦布尔之夜中场休息的时候发生了什么？"

加西亚听了以后仿佛进入了记忆的漩涡，他说："在中场休息的十几分钟里，主教练发表了慷慨激昂的简短演说：不要忘了我们代表利物浦，看看我们的球迷吧，他们为了我们远道而来，我们要为了他们而战。"

后来我觉得这篇演讲很精彩,又去网上找到了完整版,供大家参考。

不要低下你们的头。
所有人在下半场开始走上球场的时候都必须昂起你们的头。
我们是利物浦。
不要忘记你们代表利物浦。
为了球迷你们必须昂起头,你们必须为他们这样做。
如果你们低下头,就不要说自己是利物浦球员。
如果我们能在下半场创造一些机会,就有可能追回来。
相信自己,你们可以并且一定会做到。
给自己一个成为英雄的机会。

在利物浦球迷的歌声传入更衣室的时候,贝尼特斯又对球员们说:"听听吧,我们现在 0:3 落后,但是他们的歌声比以往任何时候都要更响亮。为了他们,上吧。"

接着四位球星又现场挑战黑科技球门。点球大战,特别热闹。巴恩斯貌似是当天脚法最好的,骗过了人工智能守门员。而福勒,当年的超级射手,也是百发百中。最后的媒体采访环节,有媒体提问他们对中超的看法,如果自己再年轻一回,会不会来中超。幽默的巴恩斯说他今年 53 岁,再年轻 20 岁,一定会来,只要有俱乐部邀请一定来,哈哈。海皮亚夸赞库蒂尼奥是目前他最看好的利物浦球员,当然那时库鸟还没有转会。想起红军老队长海皮亚当年把袖标传给了杰拉德,杰拉德完成了这一历史传承的伟大使命,而如今杰拉德又把队长袖标传给了亨德森,亨德森任重而道远,一代一代的红军们,就这样永远不会独行地延续着历史。当天的活动圆满结束,几位球星要在上海待几天,接下来还有更加令人期待的球星看球活动。

∧ 利物浦名宿中国行

∨ 模拟球员更衣室

∧ 现场诸多媒体记者（背后是世博中国馆）

∨ VR 体验安菲尔德

Ⓐ 名宿回归当年坐席

🅐 四位球星同框

🅥 回顾伊斯坦布尔之夜

Ⓐ 再次庆祝欧冠奖杯

Ⓥ 福勒射门

A 海皮亚射门

V 巴恩斯射门

∧ 加西亚射门

∨ 结束自拍留念

A 香克利大门

和利物浦名宿一起看球

利物浦名宿在上海的最后一个活动，是观看 5 月 22 日晚上的 2016/17 赛季收官战。我也面临了两难的选择，演播室直播和利物浦现场主持两边都安排了我，《英超之夜》我做了一个赛季的直播，有始有终，最后一场非常想在演播室和大家道个别。但是利物浦这边，因为前几天主持了他们的现场活动，反响很好，所以邀请我继续主持酒吧看球，盛情难却，毕竟这是利物浦名宿的第一次中国行。最后我做出了选择，直播那边找同事代班，我继续主持利物浦酒吧看球活动，毕竟和球星同桌看球还是第一次呢！

当晚的比赛是利物浦 vs 米德尔斯堡，利物浦主场迎战已经降级的米德尔斯堡，红军取胜就能锁定联赛前四，至少获得欧冠资格赛名额。8 点半的活动，在上海岳阳路的 camel 酒吧，也是魔都十大看球酒吧之一。主办方不安排彩排，大部分环节是随机互动，不像国内商演活动，我可以提前拿到完整的串词，我也不知道球星们要说些什么，只能临场翻译，尤其是巴恩斯，他的语速和他踢球的速度一样快，让我紧张。

开场之前，酒吧里挤满了从全国各地赶来的红军球迷，热闹的气氛让整个酒吧沸腾得像一场火锅盛宴。四位球星先上台和大家打招呼，简单互动了一下，也预测了比分，当然都是预测利物浦大胜。

很快比赛正式开始，大家都拭目以待。酒吧的空气中飘浮着汉堡和啤酒的香味，我和工作人员、渣打银行利物浦赞助商等，和球星一起在里面的VIP包厢看球，有自助餐食。我和四位球星坐在一张桌上，巴恩斯滔滔不绝地和身边的人聊天，面部表情变化丰富；福勒经常起身去拿饮料和吃的；加西亚在专心看球；海皮亚又是一副沉思的表情。我小心翼翼地掏出一张明信片，问海皮亚可不可以签名，因为我想这几天一定有很多人找他们签名，会不会觉得很烦。只见海皮亚微笑地接过明信片，然后问我叫什么名字，我说："Vivian."他说："Lovely name, what's your surname please?（好名字，请问你姓什么呢？）"我说："Wang, Vivian Wang."于是他在签名下面写上了"Hapiya To VivianWang"，这位红军永远的老队长，对身边的人都很尊重，让人敬佩。看着明信片上年轻的海皮亚在威猛地踢球，我只能感叹"怪我当时太年少，如今才知你丰骨"。

我也和坐在旁边的巴恩斯聊天，我读过约翰的名言，他说：

"From my first day at Melwood,I appreciated Liverpool's special DNA.(从第一天到达利物浦训练基地，就感激利物浦特殊的 DNA。)"而如今退役的他说："现在的生活也很惬意，有时也跟着球队去各地做活动，还经常去天空体育评球，当然也可以评论他不喜欢的球员，哈哈，开个玩笑。"约翰很喜欢开玩笑。看到他略显发福的体态，感觉这一定是心宽体胖了。

我们边聊边看比赛，威纳尔杜姆半场补时阶段破门，库蒂尼奥任意球建功成为队内本赛季神射手，拉拉纳推射得分。看着后起之辈为红军立功，几位前辈也毫不吝啬自己的欢呼掌声。中场休息的时候，几位球星稍事点评了上半场比赛，加西亚也不忘关心一下死敌曼联和埃弗顿当晚的战况。为了照顾球迷，我拿了几张球星签名的明信片，还不到一秒钟就被无数只手一抢而空。

最终利物浦主场 3:0 大胜米德尔斯堡，以第四名完成本赛季英超赛事，库蒂尼奥任意球建功成为队内本赛季神射手。本场比赛的结束也意味着 2016/17 赛季英超联赛全部结束了，这也是我这个赛季全部《英超之夜》直播任务的结束，也很遗憾因为那晚的活动时间冲突，我没能在演播室和观众说再见。

本次"利物浦传奇球星中国行"活动圆满成功，也感谢渣打银行的大力协助，这是利物浦四位传奇球星首次来中国大陆，让大陆的利物浦球迷也能近距离目睹球星们的风采。最后球迷们集体歌唱着队歌《you'll never walk alone》，目送着四位球星和工作人员消失在夜色中。

Walk on,through the wind，Walk on, Through The Rain.Though your dreams be tossed and blown.Walk on, walk on, with hope in your heart.And you'll never walk alone.（穿过风，穿过雨，或许你的梦想会破灭……一直走，一直走，带着你心中的希望，你永远不会独行……）

送走了利物浦，相约下次安菲尔德球场见。我静静地坐在camel酒吧的高脚凳上，看着球迷们渐渐散去。我想独自享受此刻的宁静，此时后排一位切尔西球迷，举围巾大声呼喊着"切尔西万岁"，大屏幕上播放着切尔西夺冠的画面，还有队长特里在家人的陪伴下，发表深情的告别演说。此刻我的心情和特里一样，舍不得说再见，就好像深爱的电影落幕了，我还沉浸其中没有走出来。

那时已经是夜深人静了，我掏出手机，对着屏幕拍了张照片发了朋友圈，写道：这个赛季的英超就这样结束了，此刻我有千言万语，却不知向谁诉说。过了一会儿，看到一位英超节目组的老师留言"你可以向我诉说"。我回复了一句"谢谢"就流泪了，我是如此的感性，如此害怕离别。那个时候，我不知道下个赛季还会不会有《英超之夜》，即使有的话还会不会用女主播，一切的一切都是未知数，我所能做的是继续努力，争取有一天能够超越性别的界限，像专业评论员老师一样去评球，去开创自己的节目，希望不远的将来这一切能够实现。此时酒吧的服务员提醒我："女士，我们打烊了，欢迎您下次再来。"我擦干了眼泪挥挥手说："谢谢，下个赛季不见不散。"

∧ 现场热情的球迷

∨ 平易近人的海皮亚　　∨ 比赛中场点评

∧ 赛后接受利物浦官方 TV 的采访

∨ 当晚 2016/17 赛季落幕

队长亨德森的担当

2017年7月21日，我忙完了上海国际冠军杯，抵达香港进行英超亚洲杯的系列活动。利物浦也来了英超亚洲杯，还有水晶宫、西布朗、莱斯特城。5月份刚做完"利物浦传奇球星中国行"的活动。英超亚洲杯期间每天都很忙碌，上午结束了水晶宫游船，中午在维多利亚港附近吃了简餐，就马不停蹄地赶往旺角大球场，直播下午利物浦的公开训练，训练结束后也有球员采访环节，但还不知道会采访哪位，我只能把全部名单看了一遍。我们到达球场的时候，门外已有球迷排成长长的队伍，尽管天气估计有40度。香港早年受到英国文化感染，球迷们很早就接触了英超，利物浦又作为百年英超豪门，自然积累了无数的死忠粉，很多老球迷对红军的感情至深。在利物浦称霸英伦的那些年，甚至彩色电视还没有流行，所以利物浦球迷里流传着这样一句话："For those of you watching in black and white, Liverpool are the team with the ball.[对于那些看黑白电视的球迷们（没办法分辨球衣颜色），利物浦就是掌握球权的那一方。]"

旺角大球场位于九龙旺角花墟道 37 号，可容纳 8445 名观众，55 位贵宾席，并不算大，但是设施很新，是符合标准的国际球场，是香港甲组联赛比赛场地之一。我们走进球场，首先映入眼帘的是电子屏幕上显示的大幅利物浦利弗鸟队徽，仿佛整个场地都被红军的光辉笼罩。看台上已陆陆续续坐满了球迷，英超官方人员引导我们来到球场左侧的拍摄区，靠近角球区域，在一个蓝色帐子下面。酷暑难耐，我早上又来不及找防晒霜，已做好心理准备会晒成利物浦新进前锋、埃及梅西萨拉赫的肤色回去。

我们架好机位，一切准备就绪，同在拍摄区的还有天空体育、乐视香港和少数一些外媒。随着球迷的喧嚣呐喊声，红军球员们在主教练克洛普和队长亨德森的带领下进场了，虽然不是正式比赛，但感觉他们一个个整装待发。渣叔带领大家先是向现场的球迷问好，观众席位于球场两侧，球员们很有经验地照顾到两边的观众。

很快训练开始了，首先是绕场慢跑一圈，当他们跑到我们拍摄区域附近的时候，终于可以看到每个人的脸，还有渣叔脸上的胡茬。跑完两圈以后，回到场地中央，开始做一些热身练习，渣叔时不时站到中间指导。由于天气炎热，中间会穿插 water break 时间。下午训练的重点是分组对抗，分成两组踢比赛，分组对抗是针对配合还有进球的训练，当然还需要防守，在分组对抗中必须防守得更好,最后还做了一些定位球的练习。

每个球员在场上都很认真,像正式踢比赛一样,主教练也会根据训练时每个人的表现直接决定第二天比赛的首发名单。我们站在角球区域,经常看到球员过来发球。萨拉赫经常跑到我们这边,速度快得我都来不及按快门,捕捉不到他的身影,不愧是埃及梅西,利物浦有了他的加盟,新的赛季一定会如虎添翼。上次在阿森纳看赛前热身,只看了五分钟,这次近距离完整观看了利物浦训练,大概一个小时左右时间,感觉整个人都被烤干了,明显看到我的胳膊变成了红色。

训练结束后,球员们绕场一周向球迷们告别。就像正式比赛结束一样,第一排狂热的球迷们,拿出早已准备好的球衣、明信片、各种可以签名的纪念品,探着头大声呼喊着球员的名字。有相机的举起相机,有手机的举起高像素的手机,他们为了这一刻等待了多时。球员们也很有耐心地走上前去签名,尤其是米尔纳。热情的球迷们实在是太多,有幸拿到签名的感觉如获至宝。最后球员们在工作人员的护送下,伴随着球迷们的呐喊声,消失在球场上,走进了休息室。

而我们这边已经在采访区排队等候前来接受采访的球员,我心里在猜到底是谁来呢?因为球员们接受采访基本都是轮流的,不会因为某位球星特别有名,就一直是他出场。当然我还是有小小私心希望能采访到最有名,或者自己最喜欢的球星。

很快我接到指令,采访效力于利物浦六年的队长亨德森,还有去年从纽卡转会过来的中场威纳尔杜姆。我脑子里立刻开始搜索这两人的画面。经常在英国球迷群里看到大家称呼亨德森为"Mr. Average",翻译过来就是"平均先生",这有两层含义,一方面是他各项能力都比较平均,中规中矩;另一方面就是他各项能力都不突出,没有特点。英国人给球员起外号通常比较隐晦,蕴涵了很多意思。

当杰拉德宣布退役,结束星光熠熠的十七年红军生涯后,亨德森接替了队长的位置,承担起了更大的责任。在红军的队伍中,不乏闪闪发光的红星,库蒂尼奥、菲尔米诺,还有新加盟的埃及梅西萨拉赫。亨德森自己也说过:"利物浦这么伟大,压力肯定也大。"在众目睽睽之下,亨德森作为队长是怎样的心境,我在脑中思索着。

正在这时,看着他从远处小跑过来,浑身衣服都湿透了。目测他比我高半个头,180+ 的身材。我迎上前去握手欢迎,可以感受到他刚运动过后留着汗带着体温的手掌。首先向他简单自我介绍,我来自中国大陆的新英体育,有几个问题想采访他。

我首先说道:"祝贺队长伤愈复出,今天训练感觉怎样?"

他看上去像个邻家大男孩,笑得阳光灿烂,"感觉更好,更加强壮,很高兴重返赛场。"

对于新加入利物浦的球员,索兰克,我也问了一句:"你怎么看索兰克为利物浦打入的第一粒进球?预测他在利物浦的前景?"

亨德森说："索兰克在训练和比赛中都表现得很好，在昨天的比赛中他就打入一球，很开心他为球队开了个好头，也希望他能在球队中保持势头，不断进步。这是团队合作，队中人人平等，只要他刻苦训练，想要进步，他就能在利物浦达到他想要的水平。新人来难免会有压力，就像我当年一样，我们都会帮助他适应的。"

此刻的亨德森，言语之中蕴含着队长的责任和担当，他不仅要在乎自己的表现，还要照顾到队友。就像亨德森的偶像，曾经的队长杰拉德，在他早期不顺意的日子里，通过杰拉德的帮助和鼓励，度过了比较艰难的时期。

杰拉德也希望球迷能支持自己在利物浦的接班人亨德森，他说："足球世界常常有批评的声音，球员被称为下一个鲍比·穆尔，下一个这个，下一个那个，那对球员来说并不公平，人们必须以亨德森的标准衡量亨德森，他给球队带来了何种贡献，他为身边的队友做了什么。他在加盟之初表现并不是最理想，他知道自己，但他付出了惊人的努力来提高自己的方方面面。"

亨德森也曾不止一次说过："杰拉德是我来利物浦的很大的原因，我可以和偶像一起训练生活。他对我来说是个伟大的球员，对于他为我成长所提供的帮助，我能做的也唯有感谢。"

也许不是亨德森不努力，而是他的前辈太优秀，也许亨德森对杰拉德最大的感谢，就是努力活成偶像的样子，或者说有朝一日超越偶像，带领红军重返杰拉德时期的光辉荣耀。

对于第二天和莱斯特城的比赛，亨德森说："我们的关系一直不错，他们上个赛季刚刚夺冠，是支不错的球队。这会是一场艰难的比赛，但我们会竭尽所能取得不错的结果。"

最后我开玩笑问他明天有何秘密战术？

他笑着说："这我不能告诉你哦，哈哈。"

接着是荷兰籍球员威纳尔杜姆。我伸出手掌表示欢迎，威纳尔杜姆腼腆地看看自己的手，告诉我他还没来得及洗手，手上有汗。我一点儿也不介意，给了他一个有力量的握手。问了他关于非洲杯改期的问题，还有今天训练的情况。维纳尔杜姆表示虽然酷暑难耐，但至少天空还是晴朗的，不算太糟糕。可见球员们也是冬练三九、夏练三伏，早已习惯恶劣的天气了。他还表示非洲杯的改期对于俱乐部来说是好事，像马内这样的球员不会因为非洲杯缺席训练，最后他也表示明天的决赛会好好发挥。

工作的充实让我感觉很幸福，结束了今天的利物浦公开训练日活动，我的胳膊也晒褪了皮。精力充沛的我当天晚上还去了一趟深圳，参加国际冠军杯 AC 米兰晚宴，结束后又赶回香港准备第二天英超亚洲杯决赛的直播。

A 英超亚洲杯海报　　A 旺角大球场

∧ 红军大步出场

∨ 渣叔现场指挥

Ⓐ 采访威纳尔杜姆

Ⓥ 采访亨德森

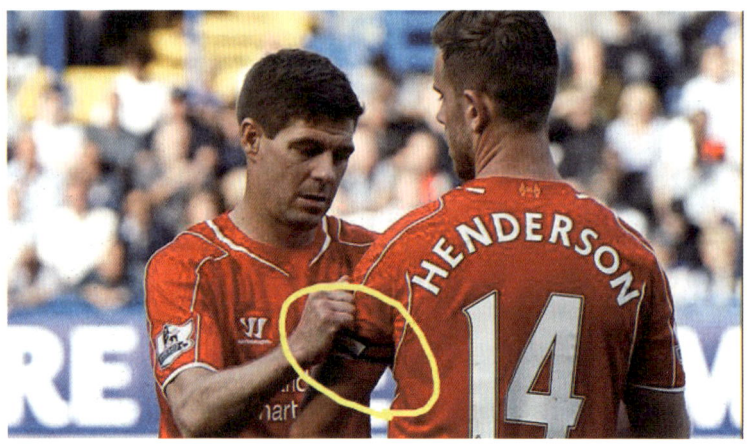

🅐 詹姆斯·米尔纳在耐心签名

🅥 亨德森接过杰拉德的队长袖标

渣叔多特式的庆祝

2017年7月22日，是英超亚洲杯决赛日，我们顶着中午的太阳，来到香港大球场。香港的球场都喜欢用一个大字，不过对比昨天的旺角大球场，这里的确大了很多，可容纳40000多人。球场分为三层，主层、高层、包厢房以及轮椅座位，球场上方为一对拱顶，覆盖东西看台，远看像一个反扣的巨碗，覆盖场内75%的座位，即不遮挡视线，又能防晒避暑。这里是香港足球代表队的主场，众多国际足球赛事的举办地，香港歌手谭咏麟也曾在此开过演唱会。

当天的英超亚洲杯比赛，分别是西布朗 vs 水晶宫，三四名的角逐，还有利物浦 vs 莱斯特城，冠亚军的角逐。不出所料，球迷朋友们已经提前几个小时来候场了，在场外有秩序地排成了长队。不得不夸奖香港大球场的管理很到位，随处可见装备齐全的警察，感觉置身于TVB警匪片的剧情中。

球迷们被引导着以两列纵队排在人行道的两侧。其中还有不远万里从大陆各个地方赶来的球迷，新英体育之前也在官网上抽取了几位幸运球迷，免费来到现场观看比赛。我也采访了一位来自安徽的女球迷，像我一样在烈日下被晒得黝黑，她也是超级英超粉丝，找到我们以后特别激动，她说："我接到电话的那一刻不敢相信自己中奖，本来还担心这个票很难买，我是利物浦死忠，每场比赛都会看。"

我也很快拿到了香港足总颁发的证件准备入场，穿了工作人员的紫色背心，瞄了一眼我的证件上面有3、4、5、6、9几个数字，对照证件背面的说明：3.主层，4.底层，5.草地，6.记者席及传媒中心，9.球队更衣室。哇，还能去球员更衣室啊？不过我可不敢乱跑，万一遇见球员换衣服怎么办呢？于是我和两位同事通过安检，进入了球场工作区内。突然间有一个胖胖的黑影从我们面前一闪而过，那速度就像一位胖版的梅西，怎么这么熟悉？我像特工一样在脑子里搜索信息，这是哪一位传奇球星？然后立即反应过来嘴里蹦出John Barnes，原来是约翰，利物浦上海行我们刚刚见过。

约翰·巴恩斯听到我喊他名字，回过头瞄了一眼，滑稽的眼珠子转了转，马上想起来说："Hello,how are you,my shanghai friend？（你好，上海的朋友。）"我有点惊讶地回应："Good memory.(记性真好。)"巴恩斯的语速简直比他的球速还要快，他告诉我海皮亚和加西亚也来了，听到这两位也顿感亲切，上次上海之行他们几个一起去的,我可以开玩笑大言不惭地说这次香港亚洲杯,我又偶遇了曾到访上海的老朋友嘛,嘿嘿。旁边的摄像师同事看来很喜欢巴恩斯,激动地让我帮他们合影。每次这种重要关头帮别人拍照,我都备感压力,因为有的球星可能一辈子只能遇到一次,万一没拍好怎么办?所以最好多拍几张保险。接着,我们一起进了媒体休息室。

巴恩斯告诉我本次英超亚洲杯,他作为天空体育的评论嘉宾,比赛开场、中场和结束的时候要做点评。我说那我们现在是同行了,都是做足球媒体,哈哈。巴恩斯热心地给我介绍他旁边的天空体育记者,放眼望去,媒体中心大多数是男性记者,我是凤毛麟角的女性。

然后我聊到最近很多球队来中国,ICC 国际冠军杯,还给他看了微信朋友圈我在上海做活动的照片。巴恩斯看到我穿阿森纳球衣那张,很风趣地说:"Oh my god,vivian,你怎么可以背叛利物浦,再让我看到你穿别队球衣,不要说你认识我哈。"上次利物浦中国行,主办方就要求我穿利物浦新版球衣主持活动。巴恩斯的说话风格就是这样,幽默又跳跃,和他交谈要跟得上他的思维。我问他用不用 ins 之类的,可以关注他的动态,他说他已经 53 岁了,不用这些年轻人的社交媒体,但从他强壮的体魄和敏捷的思维来看,丝毫看不出他的年龄,他只不过比当年稍稍发福了些。记得在上海采访的时候,他还说他要是现在年轻,他也来中超踢球。媒体休息室里有点心和茶水,还可以上网,很多记者朋友,都在这打开电脑工作。我休息片刻，便去草地准备了。

走进球场草地，真是豁然开朗，香港大球场没有跑道，第一排的位子离球场非常近，球员通道旁边更是黄金座位，有的球员进出的时候可以在这里给球迷签名，票价也低于在英国球场观赛的价格。场边的草地上放着本次比赛的冠军奖杯，到底花落谁家呢？今晚就能知晓。我们媒体在草地上也有一块特定的区域，可以架机器，坐着观赛，现场各种专业转播设备，各种长焦镜头，我就安心坐在球门背后的草地上准备直播。

比赛正式开始，有一个精彩的射门，皮球飞向我这边的球门，我就坐在球门正后方，每次守门员扑住球和皮球碰撞的声音我都能听得一清二楚，我再也不会说皮球踢到身上不疼了，因为那种撞击的力量我感觉会比一拳打上来还要疼。每次球飞来的时候，我都下意识缩一下脑袋，生怕被砸到。有一次足球从球门上方飞到观众席，球迷们像海浪涨潮一样沸腾，争抢飞过来的球。香港大球场的安保严格到苛刻，有一位看上去像古惑仔的球迷站起来鼓动大家加油，立刻被安保责令坐下。而我在球场上也不敢乱跑，只能乖乖坐在那里。

替补球员也在我旁边的草地上来回跑动热身，有教练带着他们做一些准备动作，比如针对脚踝的练习等等。中场休息的时候，看到巴恩斯拿着天空体育的话筒，激情地评论着。还有每个球队的吉祥物，很可爱地在场边来回走动。炎热的天气苦了装扮玩偶的工作人员，我在后台看到莱斯特城的吉祥物狐狸摘下头套的瞬间，是一位热得满脸通红、头发尽湿的白人女性，那一刻觉得很心疼。

本场比赛，最终利物浦以 2:1 逆转击败了莱斯特城，摘得了本次英超亚洲杯的桂冠。全场放起了礼花，克洛普带领着他的队伍向大家鼓掌致意，颇有领袖气场。这样的场面在克洛普执教多特蒙德的时候经常出现，号称渣叔多特式的庆祝，而此举也成功虏获了利物浦球迷的心。也曾有球迷表示："克洛普正在尽自己最大的努力拉近球员与球迷的距离。如果有一个人能改变球队和球迷的感情，能点燃安菲尔德的激情，这个人就是克洛普。"

作为工作人员，我不方便合影，当渣叔走进采访区的时候，我迎面抓拍了张照片，他身高185+，走起路来雷厉风行，步子很大，一瞬间从我旁边闪过，所以这张照片拍得特别近，大头照的感觉。他穿着休闲，表情严肃，让人望而生畏。想起了他似乎和穆里尼奥针锋相对的经典名言："If you are going to call me anything, call me the Normal One." 穆帅一直强调自己是特殊的一个，而渣叔则一直称呼自己为普通的那一个，利物浦和曼联历来是死敌，这两位主教练的言论又似乎在较劲。

渣叔虽然落地英超时间不长，但是执教多特蒙德期间，曾率队成功压制住德甲巨人拜仁慕尼黑。不仅如此，克洛普还挖掘和培养了一批球星，包括格策、莱万、奥巴梅扬、京多安、胡梅尔斯等人。为了寻求更大的挑战，实现心中的夙愿，克洛普选择加盟英超豪门利物浦，在这里实现人生理想。

然而好事多磨，今年冬天，巴萨向核心库蒂尼奥发起了猛烈攻势，一开始拒绝的利物浦高层后来也被打动，库蒂尼奥自己又坚持要走，对克洛普来说，不知是否有种英雄一世，徒叹无奈的心情？不过利物浦在后防线上也招来了范迪克，库鸟的离队更加激发了球员们的斗志，越踢越好。我一直形容现在的利物浦，前有萨拉赫、菲尔米诺，中有拉拉纳、维纳尔杜姆，后有范迪克等，可谓完美身材，前凸后翘，中间还有个强有力的腰。渣叔从学校毕业的时候，校长曾说，如果你不从事足球工作，我对你的未来不看好。而如今渣叔再重返校园，也能给校长交一张满意的答卷了。

英超亚洲杯圆满落幕，我做完混采后，目送球员大巴离开，拉拉纳等人放松地依靠在玻璃上，我向他们挥挥手，期待在安菲尔德再见。

∧ 香港大球场　　∧ 球场门口的"TVB 警察"

∨ 幸运的中奖观众

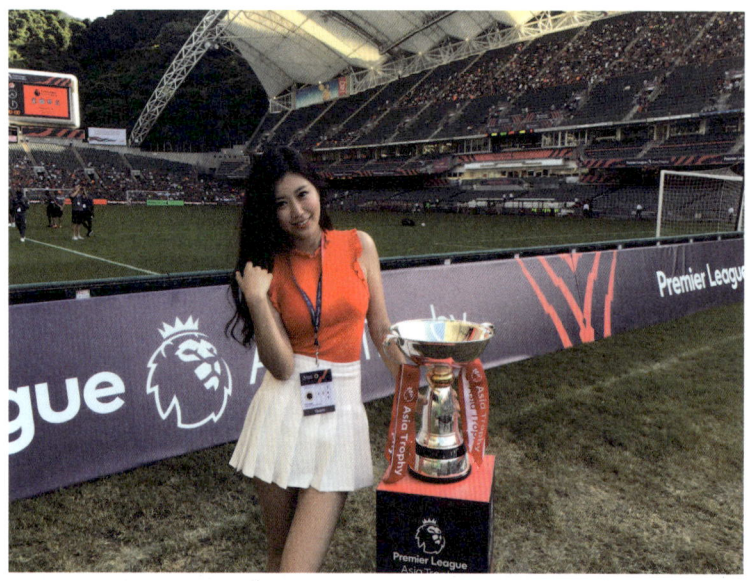

∧ 英超亚洲杯奖杯

∨ 又见约翰·巴恩斯   ∨ 埃及梅西萨拉赫

A 巴恩斯在评球

V 渣叔接受采访

∧ 渣叔带领球员谢幕

安菲尔德的利弗鸟

在主持了利物浦中国行,采访了英超亚洲杯利物浦球队后,我早已按捺不住要去安菲尔德看看了。2017年9月27日,离开了曼彻斯特,下一站就是利物浦,越往北方天气越冷,风越大。利物浦整座城市比起曼彻斯特更加古典怀旧,早上我先来到的是埃弗顿的古迪逊公园球场,距离安菲尔德只有一站路,散散步就能走到,而且据说安菲尔德曾经是埃弗顿的主场。

站在蓝色的古迪逊公园球场门口,看到名宿迪克西·迪恩的雕塑,他自小便是埃弗顿的球迷,只梦想为埃弗顿效力。当年,18岁的迪恩以32粒进球完成了他在埃弗顿的处子赛季。1927/28赛季的英甲联赛中,几乎是靠迪恩一人之力帮助球队获得了该赛季的联赛冠军。他也是英格兰足球史上入球最多的射手,尤其为埃弗顿效力时期最为人津津乐道。

1980年3月1日，迪恩在古迪逊公园球场观看埃弗顿与利物浦的同城德比时，因为心脏衰竭不幸逝世，享年73岁。2001年，迪恩的塑像在古迪逊球场外被立了起来，其下刻着"球员、绅士、埃弗顿人"。我看到他的雕像下面有球迷献上的白色鲜花，以缅怀这位已经逝去的传奇球星。正在这时，一群可爱的小朋友在老师的带领下准备去球场参观。我几乎在每个俱乐部球场都能看到小朋友的身影，正是这样，英格兰百年足球文化才得以代代相传。

离开古迪逊公园球场，穿过美丽的斯坦利公园，在远处的绿茵丛中，看到了利弗鸟的logo，安菲尔德球场近在眼前了，那是公园尽头的一抹深红。

球场正门外的广场上，有很多印有标语的地砖。球迷可以在利物浦的官网上购买一块砖，刻上自己的心意和有关利物浦的成长经历。

我在这些地砖中，一眼就看到了突起地面的一块胖胖的大理石砖，上面的名字我太熟悉了，是我在中国采访过两次的约翰·巴恩斯。我开玩笑说看到这块地砖的体型也能猜到是他，再一次体会到约翰在利物浦神一样的地位。上次在香港见面时，他曾自嘲太老了，不用ins，不然可以拍张照片放在ins上@他，告诉他来自中国的朋友去看他了。

我仔细阅读着地砖上的话语，仿佛从这些字句，读到了不同的人生。什么"永远的Kop"，"做一世红军"，也有人刻上自己长年的座位号码，或者支持受伤的球员。还有人把对足球的热爱联系到亲情、爱情、友情。当我看到"致天堂里的爸爸""我们的结婚纪念日""一辈子的好兄弟"时，忍不住湿润了眼眶，因为在去英国前一天，我刚参加完奶奶的告别仪式，是带着思念踏上了旅程。

　　脚下这一块块人生的里程碑，让我回忆起自己的足球人生。从1998年第一次看世界杯开始，那时陪伴在我身边的人，如今还有多少保持联系，四年一届的世界杯，如果人能活100岁，也不过能看二十几届，人生有太多的悲欢离合，美人会老，英雄也会老，也正是这些无可奈何，才让我们对美好的事物更加珍惜。每次采访那些退役的球员，我都有种"怪我当时太年少，如今才知你丰骨"的感慨，只能通过集锦去追溯他们当年的英姿。那些在这里向父母、子女表达无限爱意的人们，也在这里见证了死亡与怀念。石板上的每一个灵魂，把足球作为自己情感的宣泄窗口，甚至精神信仰，追溯球队的历史就是追溯他们成长的印记。

　　正在这时有一对老人互相搀扶着，步履蹒跚地走过，也许他们年轻的时候也曾这样牵着手来到安菲尔德看球呢！

　　广场的一侧，矗立着利物浦的传奇掌舵人——比尔·香克利先生的雕像，他把长期挣扎在乙级联赛的利物浦变成了顶级联赛冠军，并带领利物浦称霸欧洲，还在1974年获不列颠帝国勋章。我一直在想利物浦俱乐部的昵称叫作"红军"，那比尔·香克利先生是否知道"红军"的中文含义呢？于是我查了资料，据资料记载，当利物浦在1971年足总杯决赛结束后，香克利对街上成千上万名迎接球队的球迷们说："毛主席也从未见过如此强大的红军。"看来他对中国历史文化也有着深刻的解读。

比尔·香克利说："Some people believe football is a matter of life and death.I'm very disappointed with that attitude.I can assure you it is much more important than that.（足球无关生死，但足球高于生死。）"

一位记者曾经问红军大帅为何会把足球上升到生与死的高度。香克利回答："因为我曾是一个亲身参加过二战，亲身经历过战场上生与死的足球运动员！"利物浦是二战时期参加英国皇家军队最积极的球队之一，正如队歌《你永远不会独行》所唱，每一位爱国者都"高昂你的头，不害怕黑暗"，因为他们永远不会独行！

如果这位伟人还在世的话，我一定要采访他，我想问他我的理解是否正确。当我去过那些球场参观，看到那些鲜活的人和事后，我才深刻体会到这句话的含义。

"生死"二字，让我不禁联想到利物浦历史上的两次惨案，海瑟尔惨案和希尔斯堡惨案。这两次惨案都是由于球迷踩踏伤亡而引起的。广场正中就是惨案纪念碑。当年杰拉德年仅10岁的堂哥乔·保罗也在惨案中不幸丧生。后来，这位利物浦名宿痛苦回忆道，保罗的不幸遭遇给他和他的家庭带来了沉重的打击。悲伤驱使他成为世界级的球星，因为哥哥的不幸才有了他的努力，以及今天的成就。

那天没有球场向导，我们自己戴着耳机边走边听导览。安菲尔德参观的顺序是自上而下，先是爬楼梯到最高层，感觉五层的高度，像家里二十几层楼梯那么高，站在顶上俯瞰下面，风特别大，不敢太靠近栏杆站着，怕把我吹下去。在这里仿佛可以一目千里，能看到不远处埃弗顿的古迪逊球场。安菲尔德最初为埃弗顿的主场，直到 1892 年 5 月才归于利物浦俱乐部。

走进球场内部，渣叔克洛普的一段欢迎视频拉开序幕，视频结束后耳边响起比赛时的欢呼声，我仿佛被催眠，置身比赛现场。

顺着日落大道向前走，来到曾经的历史座椅，很硬，像小学时候的板凳，坐在上面看利物浦视频介绍，从黑白电影到彩色的，还有各地球迷活动，这些都让我想到了去年利物浦中国行时我们在上海 camel 酒吧的狂欢。

安菲尔德球场拥有 45362 个座位，最多时曾容纳 61905 人同时进场看球，并且被欧足联评为四星级球场。球场的四面看台都有着各自的名字，其中最著名的当属斯皮恩山看台（The Kop）。这个看台名字的来源是为了纪念在第二次布尔战争阵亡的利物浦士兵，Kop 一词也成为了利物浦球迷的代称。

此外，安菲尔德球场其他三面还有双层百年看台，是为纪念利物浦俱乐部百年大庆改造过的。安菲尔德路看台则是提供给客队球迷，同时还有专供残疾人的轮椅座位。主看台则是电视转播席、记者席、贵宾包厢、球员休息室和替补席所在的看台。

以前的 Kop 看台是没有座椅的，后来由于发生了震惊世界的希尔斯堡惨案，才因为安全考虑而改为全坐席看台。香克利先生曾说过："When the balls down the Kop end,they frighten the ball. Sometimes they suck it into the back of the net.（当足球飞到 Kop 看台这边的球门，人浪声足以惊吓足球，或者把球吸到网内。）"

还有一些大牌明星粉丝，比如摇滚歌手埃尔维斯·科斯特洛（Elvis Costello），13 岁的时候就来到 Kop 看台看球了。他说："You had to be strong to be on the Kop.When I was about 13,I tried to go in the middle where all the excitement was and almost got cut in half. I was only 5ft 7in.（在 Kop 看台看球，你必须很强壮，我 13 岁的时候不够高，经常被挤在人浪中间。）"听上去确实挺危险的，我想还是改成座位比较好吧。

这里顺便提一下利物浦的明星粉丝们，比较熟知的有 007 演员丹尼尔·克雷格，还有安吉丽娜·朱莉、南非总统曼德拉等。曼联曾想"收买"丹尼尔成为红魔球迷，结果丹尼尔拒绝了，果然是红军死忠，在安菲尔德他也有自己的专属座位。

在主队更衣室里，我找到了英超亚洲杯采访过的球星，亨德森、威纳尔杜姆，还有杰拉德的座位。从阿森纳转会利物浦的张伯伦，在今年夏天的国际冠军杯赛也见过面。网上有个段子，就是张伯伦到了利物浦一直坐冷板凳，把凳子都坐出印子来了，这个段子配上图片有点污。为了表示我对张伯伦的惋惜，我坐在他的位子上露出哭的表情。

更衣室对面也就是如今的新闻发布室。这里有个小故事，原先这个房间是给球员放鞋的，也是教练给球员秘密开会的地方，所以又称为"靴室"。自从这个地方不用了后,利物浦就没再拿过冠军,于是他们迷信地认为要把这个放鞋的更衣室重新启用,于是改成了新闻发布室。

再走到球员通道入口处,看到有主播正在录制法语版的球场介绍。我们平时录节目最怕录到一半有杂音,所以我赶紧把手机调整成静音模式,在旁边默默地观看,看到主播走出球员通道的时候,用手碰了一下上方的利物浦横幅,上面写着"This is Anfield"。这是提醒球员们他们在为谁而战,同时也是警告对手们他们在与谁作战。估计摸了也有好运的含义,等主播录完后,我跟上前去试着摸了一下横幅。我 174 的身高,穿上高跟靴子也有 180 了,但还是要踮脚才能碰到。身后的主播一直在说加油,还差一点,最后我终于摸到了,也算沾到了幸运。

利物浦博物馆除了介绍历史以外,最让人记忆深刻的就是五座大耳朵杯,这是英超其他俱乐部没有的,也是利物浦最引以为豪的。我还看到了曾经的追风少年欧文的照片,那时的他真的好年轻,在 20 岁不到的年纪,专心踢球可不是件容易的事。欧文曾说:"To be the best you have to forget the partying and concentrate all your energies on the football.(想要成为最棒的球员,必须忘掉派对,全身心地投入到足球里面来。)"曾经的追风少年扬名天下。但伤病无情,即使是追风少年,也无法跑赢时间,想起来真是有些悲情。

利物浦博物馆还开辟了杰拉德展区,以纪念他的职业生涯。展览品全部由杰拉德选出,球迷们可以近距离看到他在利物浦和英格兰队比赛中穿过的球衣、球鞋，得过的奖牌、奖杯等。最值得看的是杰拉德在2005年欧冠赛上的比赛用球、队长袖标等展品，那是利物浦历史上最戏剧性的一夜。

参观完博物馆，我又去了趟纪念品商店，利物浦之行也就结束了。临走的时候，我再次去看了看比尔·香克利先生的铜像。在他说过的无数经典名言中，我最喜欢的一句是："孩子，只要你能记住两件事，我保证你能够在这里获得成功：不要吃太多和不要忘记乡音。"这是他在伊恩·圣约翰加盟利物浦时说的，对我也是一种激励，管住嘴，迈开腿，不忘初心，方得始终。

▲ 安菲尔德球场

- A 古迪逊公园球场大门
- V 斯坦利公园尽头的深红
- V 比尔·香克利的铜像

- 约翰·巴恩斯的地砖
- 旁边的爷爷奶奶是利物浦死忠

∧ 最高层的看台　　　∧ 以前的看球座椅

∨ 主队更衣室　　　　∨ 球员通道口上的利弗鸟标识

A 博物馆里的欧冠奖杯

V 欧文的利物浦岁月   V 杰拉德博物馆

 # 八卦利物浦

球队的队徽由一只深红色的鸟儿和两簇火焰组成,为了纪念1989年希尔斯堡惨案中遭踩踏而死的球迷。

球队的昵称来源于球衣颜色。传奇教练香克利认为红色代表危险,代表力量,可以从心理上给球员提升士气。不看球的小伙伴们很容易联想到中国的红军,其实香克利就曾在1971年足总杯决赛获胜后对球迷们说:"毛主席也从未见过如此强大的红军。"

利物浦的吉祥物是一只利弗鸟,不仔细看还以为是十三香小龙虾。它的衣服上印有赞助商渣打银行的标识,吉祥物也成为了很好的广告载体。

闹市中的斯坦福桥

2017 年 9 月 30 日,这一轮的英超自由行,最后一站又返回了伦敦,提前一天抵达切尔西球场,入住球场千禧酒店,准备观看第二天切尔西 vs 曼城的双蓝对决。斯坦福桥给我的印象是,闹市区里精致的一片深蓝。斯坦福桥球场是我本次旅行的最后一站,在这里可以和新英体育朝圣团的小伙伴们汇合。又是一个小雨朦朦的天气,因为前一天住在温布利附近,辗转换乘大概一个小时才到达 Fulham Broadway 地铁站。

我是提前一天到的,由于曼彻斯特恐袭,伦敦市区也是戒备森严,进入球场区域需要通过安检,两条大狗往我身上嗅来嗅去,工作人员说他们很乖的不用害怕。入住球场旁边的千禧酒店后,我第一时间放下行李跑到球场外面开始参观,虽然旅行的最后一站不免有些疲惫,但我的好奇心丝毫没有减退,就像集邮票一样,一枚都不能错过。

斯坦福桥球场建立于 1877 年，切尔西俱乐部于 1905 年开始使用它，是全伦敦地区第三大球场。球场外围有一行醒目的文字"Welcome to the shed wall"，这面墙是由上世纪 30 年代建的最狂热的南看台 The Shed End 上保存下来的，墙上饰有灯光和蓝军传奇及现役球员的海报。

一面几乎有两层楼高的玻璃橱窗上展示人气球员的巨幅宣传画，德罗巴、阿扎尔、库尔图瓦、科斯塔、特里等人看起来信心满满。俱乐部的历史与现实在此交相辉映。其中有个光头球员很吸引眼球，他就是意大利球星维亚利，后来有个综艺节目，是他做嘉宾的，就是一些低级别联赛的球员，在他的教导下挑战豪门球队的节目，听起来很有意思。

我感觉切尔西是距离我们最近的球队，因为中超有多位外援球星曾效力于切尔西，申花的德罗巴、苏宁的拉米雷斯、上港的奥斯卡，以及天津权健的帕托，他们的转会费都是天价，阿布真是一位擅长资本运作的老板。《每日邮报》分析了切尔西的这种运作模式，如今蓝军仍有总价 1.75 亿英镑的球员租借在外，堪称最强出租车。对于所有租出去的球员，切尔西都有专人与他们保持联系，主要通过 WhatsApp 等社交软件实时联络。不但如此，球员之间也有联系，他们甚至互相鼓励。切尔西在租借时也尽量将球员配对租借出去，这样可以避免球员感觉被遗忘和孤立。可以说，在租借球员的问题上，切尔西用了很多心思。

欣赏完 shed wall 以后，我在球场门口和远到而来的新英朝圣团小伙伴们汇合了，跟着导游一起去球场内部探个究竟。基本上每个俱乐部参观的门票都是 20 英镑出头，现场可以买票，也可以提前网上预订。我们边走边直播，首先进入看台区，东南西北四个看台映入眼帘：东看台、西看台、马休·哈丁看台，以及谢赫特德看台。

走到切尔西名宿来访更衣室，球场导游自豪地指着梅西的球衣说："梅西最怕切尔西，八次交锋未进一球。"这让我有点难以置信，这个地球上还有球场能够阻止球王的进攻，难道是传说中的玄学？名宿更衣室都是世界级的球员，我和新英小伙伴轮流念球衣名字，最后一个最帅的轮到我念，是斑马王子皮耶罗。

参观完了名宿更衣室，我们来到了主队更衣室，虽然很小，但寸土寸金，相信孔蒂那个大嗓门站在场地中间说话，没有一个角落听不见。也听说兰帕德和特里两人是好朋友，在更衣室也曾坐在一起。八卦一下这两人，神灯兰帕德可是球员里的爱因斯坦，有着高达 160 的高智商；而特里有个习惯，在更衣室必须要用同一个小便池，别问我怎么知道，我是 Gossip girl。

最近，切尔西公布了扩建新球场的计划，准备拆除老球场，建一个带有俱乐部商店、博物馆、餐厅和咖啡厅的球场。不过在看到切尔西新球场的设计方案后，脑洞大开的网友们吐槽说，蓝军的新球场就像个机灵鬼弹簧玩具、厕所，甚至是鸡蛋切片器。

顺着俱乐部博物馆的楼梯往上走，看到的是一系列怀旧的照片，神灯兰帕德，左后卫阿什利·科尔，当然科尔的前妻谢利尔比他更出名，只可惜如今两人已分道扬镳。走入二楼，映入眼帘的是德罗巴的大幅照片，想起了他在申花的蓝色岁月，我兴奋地指着照片对博物馆里的爷爷说："He also did a good job in China,we like him.（他在中国表现得很好，我们喜欢他。）"爷爷笑着说："每个到来的中国游客都这么说。"我对德罗巴的印象不仅限于足球，他的"一跪"让国家停战，可以说是民族英雄。（2005年10月的这一夜晚，或许是当时饱受内战纷扰的科特迪瓦最荣耀的时刻，魔兽带领着这只来自象牙海岸的军队击败喀麦隆，第一次挺进世界杯决赛圈，而就在这一晚，德罗巴带着他的将士们，做出了让无数人动容的举动，他们在国内电视台的转播镜头前，双膝跪地，请内战的两派军阀停止战争还苍生以和平。奇迹般地，军阀们竟达成和解，让这个贫瘠而充满战乱的国家重回安宁。）世界杯的时候，央视解说说到他的名字，都会提到中国观众对他的感情很深。

最后，在博物馆里找到了穆帅的痕迹——穆里尼奥的阿玛尼大衣藏品，如果要为切尔西的穆帅时代找到一个标签，这件衣服当之无愧。据说，2016年10月穆里尼奥率领曼联做客斯坦福桥时，切尔西的官方商店里依然在销售有关"狂人"的纪念品：两本书、两种玩具和三个配件……

当然，此时此地已物是人非。但穆帅是少有的，在英超两家俱乐部博物馆都有肖像的人物：切尔西和曼联。我想如果去国米、波尔图、皇马等俱乐部，也会看到他的肖像吧。穆帅是风一样的男子，在任何一个地方都不会停留太久，不知道最后落叶归根的他会尘埃落定在哪里。我想起了穆帅告别切尔西的演讲，他说："It was a beautiful and rich period of my career.I want to thank all Chelsea FC supporters for what I believe is a never-ending love story.（这是我职业生业中最美丽和最丰富的一段，我想感谢所有切尔西俱乐部的支持者，我相信这是一个还未结束的美丽故事。）"

而这个还未结束的美丽故事，如今由孔蒂带领蓝军续写着，铁打的英超，流水的教练，尤其是在阿布的统治之下，祝愿安东尼奥·孔蒂能够好运！

Ⓐ 斯坦福桥球场入口

Ⓥ 球场外的铜像　　Ⓥ 曾经的蓝军奥斯卡

- The Shed Wall
- 新球场的效果图

∧ 穆里尼奥的大衣

Ⓐ 博物馆里德罗巴的相片
Ⓥ 偶遇新英小伙伴

当蓝军遇见蓝月亮

切尔西俱乐部就位于市中心，住在球场内的酒店出行很方便。当天切尔西 vs 曼城的比赛，是在当地时间 10 月 1 日下午 5 点多，我看时间还早，就去附近牛津街逛了一圈。回来的时候刚出地铁站，看到有卖甜甜圈的店，忍不住买了一个塞到嘴里，刚吃了一口，就听到旁边有几个中国男生说："昊玥，可以和你合影吗？经常在新英看到你。"天哪，真的是在哪里都要注意形象，原以为身在伦敦就可以不化妆当路人，没想到被认出了，于是很客气地擦擦沾满白糖的嘴巴，大家一起合影留念。后来才知道这几位是来自深圳的球迷，也是我们节目的忠实粉丝呢，大家此行的目的都一样，观看切尔西 vs 曼城这场双蓝会。他们这次是在"托迈酷客"购的票，只是国庆这个时间点来伦敦，酒店贵上加贵。

切尔西俱乐部虽然在寸土寸金的市中心，不过酒店、餐厅、酒吧配套都有。去球场酒吧吃了点东西，那时酒吧已经聚集了来自不同地方的球迷，说着不同的语言，大家都在预测当天的比赛结果，屏幕上也在播放着一些赛前点评。我点了披萨和香蕉船，那个冰淇淋香蕉船好吃到让人想哭。

从酒吧出来距离比赛还有两个多小时，为了一睹球员们的芳容，我拿着切尔西小狮子加入了迎接大巴的队伍中。我在国内看中超也会去迎接大巴，国内通常会提前一个半小时到，英国这边略晚一点。等待的过程中，也听到旁边球迷在讨论一些八卦，因为那个时候曼城已经势不可挡，各大俱乐部都想阻止蓝月亮的连胜。而上周曼城vs水晶宫比赛大胜以后，曼城当家射手阿奎罗发生了车祸，目前正在医院治疗，于是谣言四起，比如车祸是切尔西粉丝故意制造的，为了阻止阿奎罗来到斯坦福桥等等，《太阳报》等报纸有时也会刊登一些扑朔迷离的八卦，至于真的假的，还要自己去分辨了。总之，祝阿奎罗早日康复，重返赛场。

终于等到球员降临，切尔西大巴率先抵达，曼城大巴随后到达。球员们下车的那一刻，所有人举起了手机，大声呼喊着球员的名字，幸好我个子高，在人高马大的老外群中还能抓到几张照片。看到法布雷加斯也戴着耳机下了车，这位年少成名的西班牙小将，如今已两鬓胡须略显成熟，小法与温格的那段不了之情让人唏嘘……也许，人生如此，浮生如斯。泉涸，鱼相与处于陆，相呴以湿，相濡以沫，不如相忘于江湖……

比赛快开始了，我走进看台。前排是香港球迷，他们称呼切尔西为车路士。比赛正式开始，蓝军和蓝月亮在斯坦福桥球场展开深蓝和浅蓝的较量。蓝军这边我本想欣赏莫拉塔的头球,不幸上半场莫拉塔就伤退了。上半场双方均未破门,主教练孔蒂在场边激动地用意大利人特有的身体语言指手画脚,我想孔蒂的翻译还要会读他的 body language 才行。

上半场 0:0。中场休息的时候我到大厅里去逛逛,看到一帮蓝军的大老爷们在喝啤酒聊比赛,有的也在打赌猜比分,很少看到女球迷,我一个人站在那里有点鹤立鸡群。

远道而来的蓝月亮球迷,从空中洒下亮晶晶的浅蓝色纸片,像蓝色的雪花一样飘荡在伦敦的心脏。下半场第六十六分钟,印象中可爱的"丁丁"突然像一只威猛的雄狮,面对客场看台宣泄一样的欢呼,在老东家面前证明了自己。最终,曼城客场 1:0 战胜切尔西,终结了切尔西的八场不败。

第二天的大报小报都刊登了"丁丁"那一刻的表情。也有报纸大做文章说,库尔图瓦曾给丁丁戴绿帽子,和丁丁前女友偷情,丁丁一脚洗刷耻辱,这口气憋了三年。不管是私人恩怨还是公事公办,德布劳内的确在这个赛季踢得很好,已经成为英超赛场上不可多得的中场大师。

当然,我也不是马后炮,从上一届世界杯开始,我就注意到德布劳内了。首先,他的外形很独特,头发的颜色叫作生姜色,电影里面这种头发的角色都是走可爱路线的,比如哈利·波特里面的那个。还有就是看"丁丁"踢球,感觉很欢乐,大概他自己也乐在其中,感觉不到累,不像有的球员一副苦大仇深的脸,被冲撞了恨不得吃了别人，看得我精神紧张。看丁丁踢球像在看卡通人物踢球，希望他的状态能够保持到赛季末，然后在今年世界杯上也能再创佳绩。

赛后看到新英小伙伴发出来的孔蒂答记者问视频，有记者提问孔蒂是否觉得可惜，孔蒂说："球员确实比较累，但这不是借口，曼城也打了欧冠。莫拉塔是肌肉的问题，目前情况还不知道，但是不想让他冒险。"对于争冠，孔蒂觉得："接下来我们要做好自己，做好每件事，虽然今天让人失望。"说到换人，他说："用威廉能更好地拓宽球场，所以不是巴舒亚伊。虽然主场成绩不算太好，但是已经打了很多强大的对手。"总之意大利人喜怒哀乐都写在脸上，主场输了球肯定心情不好，怎么说也是卫冕冠军，只能调整好状态，再接再厉。

孔蒂这个赛季压力挺大的，毕竟打江山容易守江山难。这位意大利人曾这样比喻："In Italy I liked to say the manager is like a tailor. You have to best dress the team.（在意大利我喜欢说主教练就像是一个裁缝，你必须把你的球队'打扮'到最好。）"众所周知，意大利是时尚的国度，孔蒂也是把他深入到骨髓里的意大利文化带到了球队管理中。

而像孔蒂这样，一个接一个誉满欧洲的顶级教练登陆蓝桥，一个又一个炙手可热的大牌球星加盟蓝军，他们在这里驻足只因一个人。2003年夏天，首夺欧冠资格后，俱乐部却陷入了财政困局，于是隐士一般的亿万富翁阿布，带着他的卢布开始在西伦敦打造他的蓝色战舰，债台高筑的切尔西摇身一变，成为了足坛最富有的俱乐部之一。十几年来，阿布·拉莫维奇这个男人不仅改变了英格兰足坛的格局，更是带着金元足球的攻势席卷整个世界足坛。

"他就是一个来自西伯利亚的奸诈之徒。"疯狂的投入使贝茨这样评价阿布。不管贝茨的言语是否妥当，从中我们可以感觉出英超"旧式贵族"对"暴发户"们的敌意。这种敌意是对阿布垄断转会市场和球员买卖的不满，更深层面来说，是贝茨这些昔日英超的老板在更强大资本面前不得不退居二线的无奈。

在我看来，无论阿布是现实、急功近利还是注重结果，但他的到来，对切尔西命运的改变是毋庸置疑的。阿布的出现就像是资本市场的一个黑天鹅事件，它在意料之外，却又改变着一切，回首这些年在圆梦的路上，阿布让一支中等偏上水平的俱乐部成为欧洲顶级豪门，让蓝色强势介入红色英超争霸集团，让新的资本紧随而来注入足坛，逼迫对手们一刻也不能松懈，所以换种角度考虑问题，感谢我们的对手吧，是他们让我们变得更加强大。

- 偶遇《英超之夜》粉丝
- 迎接大巴
- 法布雷加斯

∧ 比赛落后,焦灼的孔蒂

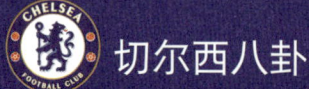 **切尔西八卦**

队徽上的狮子,来自于俱乐部过去的主席和当地土地拥有者卡多甘伯爵的纹章。切尔西行政区目前已不存在。

球队吉祥物是狮子斯坦福和布里奇。

球队相关电影:《蓝色革命》

希尔维斯特，
最爱爵爷还是教授？

  2017 年 9 月 12 日，是我第一次采访曼联名宿。当新英通知我，梦百合作为曼联全球合作伙伴，邀请名宿希尔维斯特来沪，让我去做直播并采访时，我很开心。我不喜欢问千篇一律的问题，每个被采访者都有自己的特点，我应该为他们量身定制问题，给嘉宾专属感，这样他们也会觉得开心，虽然他已经退役了，但是曾经的辉煌历史，还是会被人们拿来孜孜不倦地研究，于是我开始翻阅他的简历，对他的人设有一个大概的构想。

  米卡埃尔·希尔维斯特作为一名老资格的法国后卫，能踢后卫线上任何一个位置，他 1999 年从国际米兰转会到曼联，国米之前的雷恩，是他在祖国效力的第一支职业球队。

  尽管当时红军主帅霍利尔对希尔维斯

特非常感兴趣,但法国人最终选择了曼联,很快他就成为红魔首发阵容中的一员。而他的英超首站就是对付利物浦,发挥非常出色。

希尔维斯特场上的职业精神、训练时的完全投入以及弗格森的信任都促使这名法国小伙快速成长,在2000/01赛季希尔维斯特已经成为曼联不可或缺的后卫选手,那时他主要位置是左后卫。

2008年8月20日,希尔维斯特以75万英镑的转会费转投阿森纳,并签约两年,穿上18号球衣,成为自1974年布莱恩·基德后第一位由曼联转会至阿森纳的球员。希尔维斯特共为曼联在正式比赛中出场361次,攻入10球,一座冠军杯(2007/08)、四座英超冠军、一座足总杯和一座联赛杯。他在签约后说:"我的大部分生涯都在曼联度过,过去九年我很快乐,但我要寻求新的挑战。阿森纳以技术足球著称,拥有一支年轻又有经验的队伍。我期待着职业生涯下一阶段,为俱乐部去赢得成功。"

从这些资料里,我看出了这名法国后卫的特别。首先,他是少有的同时经历过弗格森和温格执教的球员,弗格森在任期间也曾和温格争锋相对,是否可以从他的视角来对比一下两位名帅呢?

其次,他曾拒绝了英超豪门利物浦主帅霍利尔的邀请,这位主帅同样是法国人，而且执教过法国国家队，作为老乡兼本国国家队教练，希尔维斯特为何最终拒绝他而选择弗格森呢？并且首战就代表红魔攻打红军，毕竟利物浦和曼联的比赛可谓是最强双红会了。

还有就是，作为后卫最难防的对手是谁？明年世界杯很多人看好法国队，他作为曾经法国队的国脚怎么看？

2017 年 9 月 12 日一早，我来到球星入驻的酒店，希尔维斯特在曼联中国工作人员的带领下来到大厅，他身穿黑色曼联客场球衣，对比当年身材略有发福，说起法语又温文尔雅。我当天也穿了一条黑色的裙子，碰巧撞衫了。我上前自我介绍并说明了今天的采访环节，这位法国前国脚微笑着问我："你的法语如何？"我愣了一下，心想该不会让我用法语提问吧，虽然我的法语还能混混，但是没提前准备是不行的。于是我若有所思地笑了一下，他也笑着说："我开个玩笑，你可以用英语问我。"哈哈，真是把我吓了一跳呢。于是大家一起向旁边的场馆内走去。

本次活动的场地是在上海新国际博览中心的梦百合展厅，展厅四周已围满了提前报名的曼联球迷。当开场的炫动音乐响起后，大家都期待希尔维斯特登场，可是突然，从幕后跑出来另外两位曼联球星，他俩上场后各种炫耀球技，各种摆拍凹造型。天哪！这不是博格巴和埃维拉吗？

怎么主办方没有提前告知，这是怎么回事？

马上，球迷们就看出了端倪，笑得前仰后伏，原来这两位是山寨版本，但是染了头发的"博格巴"还真能以假乱真，以至于我后来把照片发到微博和 ins 上，有人说这就是博格巴。后来我见到梦百合的丁总，也是位很幽默的领导，还会画球员漫画。我说你从哪里找来两个长得这么像的老外？他说他拿着两位球星的照片给模特公司，模特公司到他们数据库里去找的，真是太聪明了。

当然，当天的主角还是希尔维斯特。一段表演后，希尔维斯特登场和大家打了招呼，简单互动了一下。现场的主持人是我的同事洪豆，也是一名中英文足球评论员，现场互动的效果很好，还抽奖送出了几张老特拉福德的门票。而我在旁边直播现场画面。

开场结束以后，球迷们开始排队和希尔维斯特合影，手握欧冠奖杯站在老特拉福德背景板前，博格巴和埃维拉也上来凑热闹，上演了一出曼联新旧名宿同台的画面。

到了专访环节，显然我已经急不可耐了，但还是有风度地让新浪体育先问，我也可以听听他的问题。终于轮到我提问了，时间充足，于是我把准备的五个问题都问了。

第一个问题，我先问最重要的："在和英超最顶级的两位教练合作过以后，对于温格和弗格森您更喜欢哪一位，他们的训练风格有何不同呢？"

希尔维斯特笑了笑说："我真的很难说更喜欢哪一位，应该说两位都很喜欢。这两位教练都是对足球很有激情的人，每天一起来到睡觉都是比赛，甚至看得比家庭还重要。"

他的原话表达得也很有诗意，在这里选取一些：For them, the game is everything. It's the first thing they think of in the morning and the last thing they think of before they go to bed.

"他们预留很少时间做自己的事，两位教练懂得都很多，不只是现在球队的情况，以前的足球历史，对欧洲各大联赛也很了解。

"弗格森是会鼓舞人心的领袖，他鼓励你拿着枪矛往前冲，即使犯错他也会鼓励你不要放弃。"此刻，他的眼神表达了对弗格森深深的感恩，毕竟他职业生涯最黄金的时期是在曼联度过的。世间先有伯乐，而后有千里马，千里马常有，而伯乐不常有。而且据资料记载：当年他的跑位意识有些问题，传球也任性而为，但即使这样，弗格森还坚持让他打首发。因为他的职业精神、训练时的完全投入，都让爵爷相信这名法国小伙能够快速成长。我在弗格森的自传里还发现了一张希尔维斯特的照片。

"而温格是智慧型的，他会指出哪里做错了，哪里可以做得更好，理性地和你分析。"这样听起来也很像教授的个性，温文尔雅，善于分析。

接着我又问："1999年的时候，为何拒绝利物浦的邀请，而选择了曼联？"

他说："本来是想去利物浦的，而且我以前还和利物浦教练霍利尔一起工作过两三年。当时是霍利尔先找我，然后三天以后弗格森又找到我。那时利物浦和现在不可同日而语，但是1999年的曼联更是赢了三冠王无人能敌,试问谁能拒绝红魔的邀请呢?所以很容易做出了选择。"他的原话是:The choice is easy to made.

通过他的回答,我悟出了有舍才有得的道理,曼联和利物浦的双红会,鱼与熊掌不可兼得。最后他选择了曼联,也不禁感叹他的勇气,毕竟红魔强手如云,状态稍有不好就会坐板凳。不过年轻的时候不拼更待何时!估计他现在回想起来也不会后悔当时的选择。

接下来的几个问题,也按部就班地提出。

提问:"作为一名后卫,最难防的对手是谁?"

回答:"最难防的是大罗,大罗的技术、速度综合起来最厉害,是最需要集中精力防守的。"

提问:"对于曼联这个赛季怎么看,有希望拿联赛冠军吗?"

回答:"这一季比上一季明显有进步,进攻风格变化更多,尤其是签了一些新人,比如博格巴。防守上也有进步,签了切尔西过去的球员,感觉防守稳定一些,今年这一季拿冠军的希望比去年大。"

提问:"展望明年世界杯,预测法国队会取得怎样的成绩?"

回答:"今年的法国队很不得了,守门员是热刺的,防守中场到前场每条线上都有明星球员,又有年轻的摩纳哥出来的人(去年摩纳哥整支球队像打了鸡血一样），预测起码八强或者闯入四强。"

活动结束后，我送别了希尔维斯特，听说他在做一些法国酒庄的生意，我祝愿他生意兴隆，常来中国做客。

采访全程都很顺利，录音在负责直播的同事手机里，结果同事手机坏了，有些细节我现场没听清楚，急得快哭了。两个多月后，终于又把录音恢复出来了。下次我自己也要准备录音笔，双保险。听希尔维斯特描述在老特拉福德驰骋沙场，我决定接下来的十一黄金周要亲自去感受一下。

∧ 采访希尔维斯特

∨ 真假博格巴和埃维拉

195

rk hard, play hard. The dressing room after our victory over Millwall. Ronaldo looks so your

- Ⓐ 真假球星大合影
- Ⓐ 送别希尔维斯特
- Ⓥ 《弗格森自传》中希尔维斯特的照片

老特拉福德梦剧场

在采访完希尔维斯特的十天后,2017 年 9 月 23 日,我决定来一场说走就走的自费英超之旅,把六大豪门一网打尽。那段时间由于客观原因,我的节目被停播了两个月,到 11 月初才能恢复。我决定利用这段时间,把这一切化为动力,为厚积薄发打下基础。于是我下定决心写书,并且拿出一部分积蓄旅行,天将降大任于斯人也,必先苦其心志了。

我的工作性质是偶尔可以公费去俱乐部采访的,但每次也就去一两个,我觉得自己需要尽快把几大豪门都走一遍。因为 5 月份的时候我已经去过了位于伦敦的阿森纳俱乐部,所以这次的第一站是位于曼彻斯特的红蓝双雄。

赶着清晨的曙光,我从伦敦搭乘火车来到曼彻斯特,入住老特拉福德球场旁边的 Hotel Football,酒店由曼联 92 班的加里·内维尔和吉格斯等人入股,所有的设施都和足球有关。楼下的足球酒吧挂着各种超可爱的球员漫画,还有 92 班的合影素描,以及世界杯的演变史。在酒吧里,我和曼联博物馆的爷爷聊了几句,他推荐我一家由马塔爸爸开的西班牙餐厅,听说味道不错,准备晚上去试试。马塔是西班牙人,看来球员们的家人也随遇而安,开始了当地的工作。到了房间放下行李后,我就迫不及待奔向传说中的梦剧场——老特拉福德。

老特拉福德球场是全英格兰第二大的足球场,也是欧洲足联认可的五星级足球场之一。1966 年英格兰世界杯、1996 年英格兰欧洲杯、2003 年欧洲冠军联赛、2012 年伦敦奥运会足球赛等大型赛事都被安排在这里举行。

走近老特拉福德球场,让我感触最深的是"历史"两个字。南看台最富有特色的两道风景应当属巴斯比雕像和慕尼黑之钟。高高悬挂的慕尼黑之钟的指针永远停在 1958 年 2 月 6 日 8:15 那个叫人痛彻心扉的时刻。慕尼黑空难后,巴斯比爵士在废墟中重建曼联,为了纪念他的功勋,俱乐部将他的塑像放在这里。巴斯比右手叉腰,左手抱球,凝视着前方,仿佛在默默为红魔的明天祈祷。慕尼黑空难发生前,在他的管理下,曼联队可谓人才济济,拥有众多天才球员,被称为"Bust's baby(巴斯比的宝贝)",空难发生后,他和博比·查尔顿等天才球员带领曼联重获新生。

我也特意去看了《曼联重生》这部电影,曾是 Air New Zealand 空姐的我,对电影里空难的场景心有余悸。我永远忘不了飞机坠落在雪地里那悲壮的一幕,还有就是片尾巴斯比的一段经典台词"We are men of grass, and boots and beauty.(我们球员是和战靴、草地和美女打交道的。)"而电影中扮演巴斯比的演员和巴斯比铜像非常相似,惟妙惟肖地还原了这位伟人的壮举。

而在广场另一侧,巴斯比正对面的铜像是他的三位爱徒,即"曼联三圣(holy trinity)"的。乔治·贝斯特、丹尼斯·劳和博比·查尔顿,这三人组成爱尔兰、苏格兰、英格兰组合,也算是绝无仅有的了。他们是唯一一组同时代在同一球队拿过欧洲金球奖的球员,每个人都是独当一面的足球艺术大师,将曼联带到史上第一个顶峰。

其中乔治·贝斯特,我是很早就知道的,但那时并不知道原来他是曼联三圣之一,只是听过他的一句经典名言:"They say I slept with seven Miss Worlds.I didn't.It was only four.I didn't turn up for the other three.(人们说我和七个世界小姐睡过觉,其实我没有,我仅仅睡了四个而已,另外三个是子虚乌有的。)"他的性格是坎通纳和约克的结合体,既桀骜不驯又风流倜傥。

他的经典名言还有很多,比如:"If you'd given me the choice of going out and beating four men and smashing a goal in from thirty yards against Liverpool or going to bed with Miss World,it would have been a difficult choice.Luckily,I had both.(当你面临两个选择,一个是对阵利物浦时连过四名球员并且还在三十码处射门进球,另一个是和世界小姐睡一觉,这必将是难以决断的。但幸运的是,这

两件事我都做到过。）"

可惜乔治·贝斯特在 59 岁时因为器官衰竭不幸病逝。球迷在他葬礼上打出的标语：Maradona good; Pele better; George Best.（马拉多纳，好的；贝利，更好的；乔治，最好的！）正好暗含了他的姓氏：Best。

而丹尼斯·劳的姓是 Law，有"法律"的意思。最富于想象、最有作为的教练马斯·巴斯比在曼联执教时曾总结了一条"劳规律"：每场比赛劳都要射进好几个球。

再说到博比·查尔顿爵士，他真是福大命大，不仅在空难中幸存，而且至今仍红光满面地在老特拉福德球场观看曼联的重要比赛，可谓是英格兰足球史上泰斗一般的人物。

老特拉福德球场中最气势恢宏的北看台被命名为"阿历克斯·弗格森爵士看台"，广场的另一侧也矗立着弗格森的雕像，这位传奇教练培养了很多著名球员，包括著名的曼联 92 班、小贝、霸道总裁 C 罗等人。爵爷自己打趣道："一般情况下，人们在去世之后才会有铜像，我现在可是比死亡活得还长。"

球场的工作人员带领我们参观，一开始就问在座有没有别队的球迷，有人说曼城、斯旺西、纽卡等等。工作人员开玩笑说，只要没有利物浦就好，双红会历来是宿敌。

我们跟着他依次参观了看台、VIP 包厢、更衣室、球员通道等地，度过了让人难忘的一段时光。

主队和客队更衣室离得不是很近，让我想到了曼城德比的穆帅的牛奶门，要么就是隔壁邻居庆祝的声音太吵闹，要么就是穆帅心里气不过要冲过去看看。名宿更衣室里有齐达内、马尔蒂尼等著名球星的球衣。让我感到无比亲切的是，居然还有 All Blacks 的球衣。因为我曾经在新西兰航空工作过，所以对 All Blacks 可谓非常熟悉，他们是新西兰橄榄球队，可以说是该国的国宝了。

到了球员通道，向导让我们做了个小游戏，他将所有人分成两队，扮演主队客队球员入场。有位穿博格巴球衣的小胖说："千万别让我扮演费莱尼，很不喜欢他，觉得他很烂。"所有人都很奇怪，因为上一赛季，曼联防守有问题，博格巴也在后面帮忙，所以穆里尼奥才买了费莱尼这个防守中场，他身高 190，运动能力很强，这样就解放了博格巴，使他可以往前冲射门，所以普遍认为费莱尼买得很正确。然后我就不解地问小胖："为什么不喜欢他呢？"小胖说："因为他来自切尔西。"哈哈，看来在这么小的球迷眼中，球员的来历比能力更重要。

走球员通道的时候，我和小胖分在一组，还播放了真实的上场音乐，然后我一直在他身后做鬼脸比 V 字，小胖表情很无奈。出了球员通道，导游让我们往正上方看，上方凌空的盒子建筑是现场解说的工作室，坐在上面可以俯瞰整个球场。

1998 年，贝利剪彩了曼联的新博物馆，在这个博物馆里详尽记录了从 1878 年到今天的曼联的历史。

博物馆分为奖杯陈列室、梦幻画廊和名人殿堂等几个区域。

奖杯陈列室里放了一百多年来曼联取得的各种奖杯，它鲜活地记录着红魔王朝的辉煌。我被这个陈列室震撼到了，但我不喜欢冷冰冰的奖杯，更喜欢感性人文的东西。所以最后给我留下最深印象的是梦幻画廊。

这个画廊确实可以用梦幻来形容，在博物馆暗色调的灯光下，两侧历代球员的照片显得尤为立体，栩栩如生，身处其中我也产生了幻觉，感觉他们好像哈利·波特电影里的魔法师，开始互相聊天。

乔治·贝斯特用浓重的北爱尔兰口音对法国人坎通纳说："嗨，老弟，要是能和你一起在老特拉福德踢一场重要的欧洲赛事，我愿意将我喝过的香槟都吐出来。"（乔治·贝斯特确实说过。）国王坎通纳则霸气地回应："我不嘲笑某些球员，但是我就是不明白，他们怎么能脸不红心不跳，去给孩子签名？"然后金发碧眼的丹麦人舒梅切尔又说："嗨，兄弟们，我觉得我儿子将来比我强。"好了，再幻想下去我可以写一本英超梦幻小说了。你可以在画廊里漫步，一边欣赏两侧的历代球星的巨幅相片，一边组合自己的曼联梦之队。

还有一个特别的区域是属于弗格森爵士的，包括历年英超最佳教练、1998/99欧冠最佳教练等奖杯。

还有一个1958年2月6日下午发生的慕尼黑空难展区，不仅有当时遇难者和幸存者的照片、资料和衣物等，还有当时报道这起空难的各种报纸，并且展室里一直回荡着当时的原声广播报道，让你有身临其境的痛楚。

1998/99赛季三冠王展品走廊,那是曼联球迷此生难忘的经典瞬间,很多球迷就是在那一刻成为了红魔的新成员,它诠释了曼联永不放弃的精神。

最后在博物馆里还可以戴上耳机,选一场曼联的经典赛事,制作自己的"现场解说"。

参观完老特拉福德球场和曼联博物馆,我对曼联的印象有所改变,以前觉得曼联球迷过于强势,但现在觉得他们确实有值得骄傲的资本。可惜的是那个周末没有曼联主场比赛,只有下次再来看了。不过,这次旅程让我对曼联有了更加全面的认识,下次采访曼联球星就可以更加得心应手了。

有意思的是,离开曼彻斯特以后,我照片上穿的那双红色高跟鞋莫名其妙找不到了,大概是留在 Hotel Football 里了,看来吉格斯和内维尔的红魔酒店是想欢迎我下次再去。

当我看完梦幻画廊那么多曼联经典人物的照片时,我就在想,目前曼联的核心队员是谁,谁最具有领袖气质?我是拿坎通纳作为参考系的,他也是我在曼联最喜欢的球星。但是想来想去,感觉没有一个能达到坎通纳的高度,博格巴还未成熟,卢卡库状态也不稳定,伊布从未属于一支球队,只有德赫亚让人比较放心,但离领袖气质还差一点。

从历史上看,曼联确实有过一些球员被认为是不可替代的,但他们走后,球队成绩并未受到长久的震荡和影响,弗格森总能找到解决方案。而弗格森的经典在于,在二十七年的执教生涯中,他的十一人不知道换过多少轮了，但是无论摸到的牌是好是坏，他总能打出一手漂亮的好牌。

  我的那种感觉就好像以前的好莱坞明星比现在的都要经典一样，也许经典需要时间的沉淀，若干年后当我回头看时，期望现在的球员也能变成永恒的经典，成为曼联博物馆梦幻画廊上会讲故事的画像！

Ⓐ Hotel Football 足球酒店

- 窗外的老特拉福德
- 球场外的广场
- 曼联三圣铜像
- 马特·巴斯比铜像

∧ 球场大草坪

∨ 球场上方的解说席

∧ 弗格森爵士铜像

∧ 小球迷参观

∨ 模仿球员入场

Ⓐ 主队更衣室

Ⓥ 名宿更衣室　　　Ⓥ 球员座位

Youth coach Eric Harrison with Ryan Giggs, Nicky Butt, David Beckham, Gary and Phil Neville, Paul Scholes and Terry Cooke, who all helped United win the 'double' in 1996.

Ryan Giggs, Nicky Butt, Gary and Phil Neville, David Beckham and Paul Scholes enjoying first team success. United became the 'team of the nineties'; adding the 'double' of League Championship and FA Cup in both 1994 and 1996; the Championship again in 1997 and, with that dramatic 'treble' of 1999, a knighthood for Alex Ferguson.

∧ 博物馆里的奖杯陈列

∨ 博物馆里的梦幻画廊

∧ 曼联 92 班

铁血中卫的谢幕

2017年10月刚从老特拉福德回来没多久,10月28日又迎来了曼联名宿铁血中卫维迪奇和黑风双煞约克。这次活动的规模更大,曼联九大合作伙伴一起出动,还有千人现场观战曼联vs热刺的比赛。我也是主持了两场活动,下午在梦百合,晚上去托迈酷克,这两位球星都在场。只要是有球星来上海,我都会争取主持机会,报酬不是第一位的,我需要为我的职业生涯积累素材。本次活动是赞助商邀请,不代表媒体提问,所以问题基本都是他们准备的,我负责翻译成英文,自己也不能单独提问,即便是这样,我还是会提前做功课,脑子里构想出两位球星的人设,两位都不是英国本土球员,我尽量把问题翻译得简短易懂,避免沟通上的障碍。

总结两位球星的背景如下:

维迪奇:前曼联铁卫,他曾在老特拉福德球场效力了九个赛季,拿到过五次英超和一次欧冠。

2010年加里·内维尔退役后，维迪奇接过了曼联的队长袖标。他还为塞尔维亚国家队出场56次打进2球，两次获得塞尔维亚足球先生荣誉。之后，美国大联盟华盛顿联队、中超上海申花等队都和维迪奇传出过"绯闻"，但最终被伤病困扰的他还是选择了退役。

我还发现了一点，2006/07赛季，曼联左后卫位置竞争激烈，中后卫则由新加盟的维迪奇坐稳主力，希尔维斯特失去了主力位置。我刚采访过希尔维斯特，又迎来了他曾经的竞争对手维迪奇，如今维迪奇也退役了。这就是足球，和平年代足球就是现代战争，一批一批筛选淘汰着足球战士。

约克：如果你在百度上输入"约克，乔丹"，会出现270000条搜索结果。没错，大名鼎鼎的女乔丹曾是约克的前女友。当约克和两位性感女郎的三角故事传遍英伦三岛后，弗格森教练曾要求约克："你让乔丹与凯特来场PK赛，你与胜者结婚吧！"最后，这名来自特立尼达和多巴哥的前锋，迷失在了英格兰的灯红酒绿中。2002年夏天，弗格森将约克以半价清仓至布莱克本队，这也代表了某些非洲、南美球员加入欧洲豪门俱乐部后不能自律所造成的凄惨结局。

虽然这么说，但是黑旋风当年也有过辉煌，他从阿斯顿维拉转会曼联时创下了曼联购入球员的新纪录。他也曾荣膺英超射手王，帮助曼联连夺三冠。

2017年10月28日下午的活动，是梦百合专场，曼联球迷会也早早抵达现场。在一片欢呼声中，铁血中卫维迪奇和黑旋风约克缓缓到来。我和两位球星简单互动了一下，他俩都不是第一次来上海了，对魔都也是熟门熟路。现场主要的问题和梦百合零压棉床垫有关，现在的曼联怡安训练基地都在使用这种床垫。

　　铁血中卫带着严肃的表情说："因为以前背部做过手术，睡得不好就会旧病复发，很痛，所以对床垫的要求很高。"他说这话的时候，我想到了做功课时看到的一张照片，那是2009年欧冠半决赛，曼联对阵阿森纳，当阿德巴约大力射门后，维迪奇不惜冒着严重受伤的危险，倒地用头去解围，简直可以说是用生命在解围了，铁血中卫的名号也就是从那时候流传开来的。这一身的伤痛，不正是他为足球事业做出的贡献吗？

　　为了让铁血中卫体会零压绵床垫的科技，主办方还特别安排了老师在床垫上表演瑜伽，表演结束掀开床垫，下面藏着一排排完整的鸡蛋。维迪奇觉得很有意思，我拿了一颗鸡蛋，打在杯子里，开玩笑问他要不要试下真假，严肃的他也被逗乐了，笑着摇了摇头。

　　在舞台旁边的时候，我八卦了一下："之前听说申花想邀请您来，但后来您还是选择退役了，为什么呢？"他也很直接："当时拒绝了所有俱乐部的邀请，因为我已经35岁了，说实话，有点厌倦了足球，而且我背部有伤，我需要给自己放个假。"

　　维迪奇给我的感觉很男人，但再男人的人也有累的时候，他敢于承认自己的疲惫和伤病，这才是一个真实的人。科比退役的时候38岁了，他说他的人生才刚刚开始，祝愿维迪奇今后也能好好享受足球以外的人生。

到了送礼物环节，舞台上的约克也毫不掩饰对美女们的青睐。当我问他签名的帽子要给哪两位球迷的时候，他坏坏地笑了一下，露出洁白的牙齿。约克特别喜欢笑，他的队友对这笑容的评价都很高呢，曾说："There's quite a few funny sights in the dressing room,but the thing that makes me happiest is Yorkie's smile.It makes everyone else smile too.（在更衣室有很多好玩的情景，不过最能让我开心的就是约克的笑容，可以感染到我们每个人也露出微笑。）"

于是约克带着他的招牌笑容，扫视下面的观众，咬了一下嘴唇，深情地望着台下的女球迷，然后又看看我，一副哥哥我虽然球场退役了，情场还是一条好汉的样子。最后，他选定了两位美女球迷，把签名的帽子戴在她们头上。

后来，某外国朋友开玩笑说，我打赌约克会邀请你共进晚餐。我说当然没有，为什么这么说？他说因为约克和罗纳尔迪尼奥是并称球员里最爱泡妞的。我开玩笑回复，那大概我不是他的菜，我没有乔丹那样的身材。

最后的签名环节，很多球迷在排队，两位球星也很有耐心，一直站在那里微笑合影，有的球迷还拥抱了两位。最后约克还不忘邀请我一起合影，看着我忙前忙后，很会照顾女生的感受。

晚上又转战到千人看球活动现场，托迈酷克、雪佛兰等曼联合作伙伴都在现场展台，好不热闹。我在托迈酷克展台再次提问维迪奇和约克。约克说："怎么又看到你了，你到底是哪家公司的？"我说："我是专门做英超电视直播的，这次专门来欢迎你们哦。"接着两位球星还给大家推荐了英国伦敦白金汉宫、大本钟等好玩的地方，让大家一定要去老特拉福德看场比赛。也很看好曼联这个赛季，虽然博格巴有伤病，但赛季开始以来表现得很好。最后也预测了当晚比分，维迪奇说2:1，约克说3:1，看看谁猜得更准？

　　这天我也没时间吃晚饭，咬了个苹果，比赛就开始了。看到很多足球圈内朋友也来观看，比如曼城上海办公室、友邦热刺赞助商等等。当晚的比赛气氛很好，人很多，大家在一起看球很开心，可以边看边讨论。上半场双方均无建树，下半场卢卡库头球中柱，随后卢卡库助攻替补登场的马夏尔打破僵局。最终，曼联1:0战胜托特纳姆热刺，热刺联赛七轮不败终结。两位曼联名宿虽然比分没猜准，但是猜准了胜负，给红魔带来了好运。

　　我对红魔曼联的深入了解，是沿着采访希尔维斯特——老特拉福德球场参观——采访维迪奇和约克这样一条线路进行的，而且两次采访球星都是在中国，可见曼联对中国市场的重视。无论在国内还是在海外，曼联的营销策略就是联结球迷，不断维护球迷黏度。当然，对于一个像曼联这样的老牌俱乐部，球迷数量是不用担心的，因为很多球迷的"红魔血统"是可以代代相传的。

　　对于那些无法去老特拉福德球场观战的球迷，红魔依然想出了独具创意的办法，从而和他们密切联系在一起。比如，曼联是第一家建立专门电视平台的足球俱乐部。MUTV在1997年首次在观众面前亮相，如今已经发展为汇集赛事集锦、体育节目以及球队数据分析于一身的综合专业性电视台。仅仅在英国,该电视台就有十万订阅者,同时在世界上九十四个国家和地区都有市场。所以说,曼联在国内外拥有众多粉丝,除了球队本身成绩好以外,和俱乐部的营销是分不开的,也展现了球迷比进球更重要的商业理念!

∧ 维迪奇和约克

∨ 当年的铁血中卫

- 约克邀请我合影
- 托迈酷客展台

∧ I love united 活动现场

∨ 貌似瓜帅的"卧底"摄影师

 曼联八卦

曼联的队徽是一个活泼的红色魔鬼,原本属于一家橄榄球俱乐部,上世纪60年代,巴斯比教练觉得"红魔"这个外号可以在战术上威慑竞争球队,于是为球队要来了这个绰号。

曼联的吉祥物叫红魔弗雷德,看上去很霸气。

曼联有关的电影有:《曼联重生》《寻找艾瑞克》

相对于其他球队,曼联的队歌非常多,《Lift It High》《Glory Glory Man United》《Sing Up For The Champions》《Come on you reds》都可以算。其中《Glory Glory Man United》最为人熟悉,每次直播中场休息的时候都会放。

追忆白鹿巷

说起热刺这支球队,我的第一印象是纯洁的白色球衣,就像他们的昵称"白百合"一样,因为其他豪门的球衣颜色非红即蓝,白色在他们当中显得尤为特别。就连球场的名字也和白色有关,White Hart Lane(白鹿巷),可如今这座有着一百十九年历史的球场已经拆掉重建,就让我们一起回忆一下曾经的白鹿巷球场和热刺的光辉岁月吧。

伦敦北郊的托特纳姆,虽然距市区仅数英里之遥,却是英国最贫穷的地区之一,正如出生在托特纳姆的歌手阿黛尔在歌中写到的那样,不同世界在此交融,这里的每个人都有不同的立场。但是和身为热刺死忠的阿黛尔一样,全世界热刺球迷的记忆里,托特纳姆有着属于他们共同的信仰坐标——白鹿巷。

1882年,一群圣约翰长老派学徒学校和托特纳姆文法学校的板球运动员成立了热刺足球俱乐部,俱乐部成立的目的仅仅是为了板球运动员在休赛期能够保持体育锻炼。而19世纪末期白鹿巷原本只是隶属于啤酒商的一块苗圃，商人贝克维茨给这块草地圈上了围栏，两端加上球门，于是最原始状态的白鹿巷球场诞生了。

第二次世界大战期间，纳粹德国对英国伦敦实施了大轰炸，海布里球场因为被当作医护中心和空袭警报站而被关闭。国难当头，热刺不计前嫌，将白鹿巷和阿森纳共享。在二战胜利之后，热刺也迎来了属于自己的"光辉岁月"。

热刺历史上最著名的主教练是比尔·尼科尔森，1961年尼科尔森作为主帅带领热刺拿到了联赛杯赛双冠王。在他治下，1963年热刺也有幸成为英格兰第一支拿到欧洲冠军的俱乐部。从1958到1974这十六年间，他手下的热刺开创了俱乐部历史上最成功的时代。他说过一句话，让我觉得这位教练很务实。他说："Intelligence doesn't make you a good footballer,Oxford and Cambridge would have the best sides if that were true.It's a football brain that matters and that doesn't usually go with an academic brain,I prefer players not to be too good or too clever at other things.It means they concentrate on football.（高智商不一定会让你成为一个好的球员，如果是这样的话，牛津剑桥最占优势。对于一个球员来说，一个会踢球的头脑远比一个学术头脑重要。我更喜欢那些在其他方面不是很聪明或者很突出的球员，这样意味着他们能把精力都专注于足球上。）"

进入英超时代的白鹿巷，也进入了成绩的平庸时代，并没夺得过英超或者欧冠冠军。虽然克林斯曼、贝尔巴托夫、范德法特、莫德里奇、加雷斯贝尔，一个个响亮的名字在白鹿巷的上空划过，既见证了克林斯曼上演大四喜的疯狂，也见证了贝尔逆天爆射的神奇，但在欧冠区上下徘徊的热刺，依旧碌碌无为，不停地寻求突破。说到热刺的球星，我想聊聊克林斯曼、贝尔和哈利·凯恩。

曾经的克林斯曼，是著名的"三驾马车"成员之一，绰号德国"金色轰炸机"，他经典的滑翔机式的庆祝动作被牢记在人们心中。克林斯曼曾说过："At the end of my 1994/95 season with Tottenham Hotspur, I got many letters and calls from teachers. They told me that the German language was becoming increasingly popular at schools. That, I think, is even better thansuccesses on the pitch.（在1994/95赛季，我收到很多来自学校老师的信件和电话，老师们告诉我说德语在学校变得越来越流行了。对我来说，这比在球场上获得成功的感觉更好。）"这是什么意思呢？克林斯曼虽然是一名德国球员，他在学校的时候肯定被要求学习英语，而且来英超踢球也是要用英语交流的，但随着他在球场上的不断成功，金发德国帅哥的形象深入人心，追随他的小球迷们觉得"哇塞，原来像克林斯曼一样说德语也很酷哦"，这种感觉确实很好，果然体育很多时候可以主导文化潮流。

而另外一位著名球星就是大圣贝尔了。看到贝尔就觉得特别亲切，因为他长了一张中国四大名著的脸。说起这个绰号，有个广为流传的段子，说是在最近的中国杯赛场上，一位奶奶眼睛花了，看到贝尔进了好多球，高兴得一直鼓掌，说咱们的孙大圣真厉害！

贝尔在小时候就很顽皮。他说："I was never too much into school. I liked lunchtimes and breaks,but I hated sitting at a desk.I was always looking out of the window,looking at my watch,thinking about when I could play football."他小时候就不太喜欢上学，盼着中午吃午饭和休息的时间，讨厌坐在书桌前，总是看着窗外，盯着手表，总想着放学后去踢球。看来小时候在老师眼里的皮孩子说不定将来就会成为球星了呢！

2007年，贝尔不负众望以500万英镑加盟热刺，在热刺队效力了六个赛季。2010/11和2012/13赛季，贝尔因在联赛中的出色表现，获得该赛季英超联赛最佳球员奖。2013年，贝尔以9100万欧元转会皇家马德里。贝尔挥泪告别热刺时说："l have had six very happy years at Tottenham but its the right time to say goodbye. We've had some special times together and I've loved every minute of it.Tottenham will always be in my heart.（我在热刺度过了六年快乐的时光，现在不得不说再见了。我珍惜我们曾经拥有过的那些特别时光，我会铭记这每一分钟，热刺将永远留在我心中。）"

我每次采访球员的时候，有一个感触就是他们对于自己最早成名的那家球队，心中是念念不忘的，就好像男人对于自己的初恋难以忘怀一样。

贝尔走了以后，热刺的核心球员非哈利·凯恩莫属。凯恩刚来热刺的时候也不被看好，经过不懈努力，目前风头正旺的他，占据了赛季进球榜的首位，更是在多场比赛中上演帽子戏法。这个平时看上去有些腼腆、说话口音奇特的土生土长伦敦男孩，一到球场上就一发不可收拾。凯恩小时候的偶像，也曾是热刺的一位名宿，不过在热刺停留的时间不长。凯恩说："I loved the way Teddy Sheringham played, especially his movement. He was a real idol of mine growing up at the Lane and I've really tried to model myself on him." 原来凯恩小时候的偶像是谢林汉姆，而且一直把这位偶像视为前进的动力呢。

成立了一百三十六年的热刺饱经沧桑并渴望新生，凭借阿里的头球梅开二度，热刺在白鹿巷战胜2016/17赛季不可一世的切尔西，保持了在积分榜上的强势追赶，也将对手的连胜纪录终结在了第十三场。在波切蒂诺的带领下，热刺有了属于自己的独特气质，在需要锁紧银根修建新球场的特殊时期，热刺依然无法摆脱兜售核心球员来维持财政收支平衡的命运。合理的运营加上对本土年轻球员的大力挖掘，哈利·凯恩、阿里、戴尔，这些英格兰本土新星的不断涌现，成为了热刺复兴的基石。这是三狮军团的幸运，也是英超诸强的梦魇。但年轻的球员免不了犯错，比如阿里的跳水事件。波切蒂诺还是很维护球员的，用他的话来评价阿里："He is a little bit naughty.I like how he is because you need to be a little bit naughty when you play football.（阿里有些调皮，我喜欢他这样，因为当你踢球的时候需要一点调皮。）"记得波叔当年签约热刺的时候，还说了一句哈姆雷特的经典名言："To be here or not to be here, this is the question." 结果不仅来了，而且一签就是五年。

旧的不去，新的不来，新白鹿巷球场使用世界最先进的可伸缩草坪，将在2018/19赛季在白鹿巷原址上继承自己的百年历史，继续守护着托特纳姆。波切蒂诺的热刺带领着这些"青春风暴"，将为暴戾之气日重的不列颠赛场带来一股清风，不遗余力的奔跑与连克强敌的表现，让托特纳姆的球迷们开始渐渐相信重现热刺"光辉岁月"时代，将不再只是遥不可及的梦想。

这几年来，热刺也越来越注重中国市场的营销。2018狗年新年的时候，热刺官博还接地气地发了球星拜年视频。

而作为热刺长期合作伙伴的友邦集团，也在2014年和热刺签署了五年协议，热刺球员将会穿着展示友邦保险的球衣出战所有球赛。至于友邦为何选择热刺，是因为他们的市场策略注意到足球运动是全球化的，它是一个很好的媒介，带动了客户、同事、营销员和伙伴，一起享受足球带来的乐趣。另外足球比赛所体现的团队精神，也正是友邦集团所看重的。而且作为友邦中国首席客户官的林沛女士，据说从小就是热刺的球迷呢！

值得一提的是，热刺有多名英格兰球员入选了国家队。在今年世界杯的赛场上，将会看到他们的身影。我记得曾问过英国朋友一个问题，为什么英超俱乐部这么强大，而英格兰国家队的成绩上不去呢？他回答我说："因为好的英超球员都不是英国人。"这句话让英国本土球员听了有点伤感情了，希望哈利·凯恩等人今年能够带领三狮军团在世界杯的赛场上证明自己，告诉英超球迷，英格兰本土球员也是很厉害的！

Ⓐ 曾经的白鹿巷球场

∧ 白鹿巷球场的标识
∧ 球迷视阿森纳为死敌
∨ 热刺地铁站的标识

A 新球场的效果图

仰望温布利

对于 Big6 里的热刺，我写得篇幅最少，不是因为它不重要，主要是有两点原因。首先，俱乐部近两年来中国次数较少，我还没有机会采访热刺的球星，其次白鹿巷已经拆迁，不能去球场参观，让我缺少对热刺历史文化的直观感受。据资料记载，二战时期阿森纳的主球场被用来救助伤员，于是热刺也将白鹿巷球场分享给自己的北伦敦劲敌。期待新的白鹿巷球场早日建好，我看了效果图，还是很宏伟壮观的。

回顾白鹿巷球场，在英超是赫赫有名的"魔鬼主场"，诸强在这里都没有占到多少便宜，即使是红魔曼联也颇受"白鹿巷魔咒"困扰。那么热刺为什么要大费周折，重新建造球场呢？主要原因是：在英超，各支俱乐部每年的收入大部分来自电视转播分成，约占 60%；剩下的 40% 中，有一半费用是来自球票的销售。由于转播分成是不可控因素，所以赛季所售球票的数量决定了各支球队收入的高低。

在英超 Big6 中，白鹿巷球场是座位数量最少的足球场，仅能容纳 36000 余人。而这与曼联的老特拉福德球场（可容纳 76000 余人）、阿森纳的酋长球场（可容纳 60000 余人）形成了鲜明对比。因此，热刺只好对白鹿巷球场进行扩建，被迫将温布利大球场定为自己的临时主场。

在赛季初刚刚入驻温布利时，百合军团发挥不佳，源自于球场尺寸、草皮、灯光等方面的巨大差异。白鹿巷在球场面积方面只有 101×67 米的大小，而根据欧冠和世界大赛的要求，比赛场地需要达到 105×68 米的规格，温布利球场是达到这一标准的。如此一来，温布利比白鹿巷在长度和宽度上都大了一些，对波切蒂诺而言，也被迫需要改变球队的打法以适应新球场。

失去了白鹿巷庇护的热刺，其成绩究竟受到了多大的影响？过去两个赛季，热刺在白鹿巷球场取得了联赛 27 胜 8 平 3 负的佳绩，胜率超过了 71%。然而换到温布利后，在之前的十次比赛中，热刺仅拿到了 1 胜 1 平 8 负的尴尬战绩，合计丢了 21 球，饱受主场低迷的困扰。直到欧冠小组赛以 3:1 击败多特蒙德，热刺终于取得了第一次主场胜利。之后，热刺状态回升，一路披荆斩棘，力克曼联后更是令球队士气大振。最终，在温布利挑战欧冠卫冕冠军皇家马德里成功，"魔咒之境"已然成了热刺的福地。

我记得参观完曼城俱乐部的时候，和蔼的曼城爷爷对我说："You should go to Wembly.（你应该去温布利看看。）"可见温布利球场已经超越了俱乐部之间的竞争,而是英格兰整个国家足球的象征,这种不依附于俱乐部的国家级足球场在全球范围内都不多见。

球王贝利曾经这样形容温布利,说它是足球的教堂、足球的首都、足球的心脏。博比·穆尔感叹道:"它是足球场中的圣地麦加,它见证了英格兰足球最辉煌的时刻,是全世界最伟大的球场之一,它沉淀着英国体育的历史,承载着无数汗水、激情与荣耀,它就是著名的温布利大球场。"

1923年,温布利承办了它的第一场足球比赛。此后,这里常年举办足总杯、联赛杯、社区盾以及英格兰队所有主场比赛,也经常承办欧冠决赛,甚至伦敦奥运会、拯救非洲演唱会等活动也在此举行。而且,英格兰唯一的世界杯冠军也正是在这里获得的。

一路走过去,我发现球场旁边的墙壁上,贴了很多NFL球队的海报和标识,看来温布利除了足球,还进行橄榄球的比赛,美式冲撞运动也在大不列颠流行起来了。

我按照想象中的图片找寻温布利的大门,网上图片显示有两座像泰姬陵一样的白塔矗立在大门两侧,看上去很有异域风情,我满怀欣喜地想快点找到后可以拍照。谁知傻乎乎地绕着球场暴走了一圈都没找到,累得坐下来询问咖啡店招待,结果小哥说:"这不是温布利,你确定这是在英国吗?"我听了后哭笑不得,又上网仔细查找了一下,这才恍然大悟,原来我要找的白塔是旧的温布利球场,此设计源自英属印度新德里的总督府,自此温布利双塔长期以来成为该体育场的标识，也成为了伦敦的著名建筑之一。可惜旧温布利现在已经拆除了，包括这对白塔，只能通过照片去追忆。

当然，新的温布利也有一个招牌标识，我叫它彩虹拱门，因为它很高很大，感觉要和天上的彩虹争个高下，而且在晚上也会变换五颜六色的灯光，像一座美丽的彩虹桥，正好可以和不远处著名的巨型摩天轮"伦敦眼"遥相辉映。当然这个拱门也绝非花瓶，有实际用处的，这是世界上最长的单跨屋顶结构建筑，是要用这数十根钢索固定住温布利球场的北侧顶棚和60%的南侧顶棚。因而，新温布利不像老球场那样需要用支撑柱来撑住顶棚，这样可保证新温布利的90000个座位在每个角度都有非常好的视野。很可惜的是，当天温布利球场在内部修整，不对外开放，我只能在外部瞻仰这座宏伟的建筑了。

作为英格兰国家队的主场，1966年温布利迎来了英国足球的巅峰，因为世界杯首次降临不列颠群岛，而东道主英格兰队又不负众望一路杀进决赛。最终，英格兰队以4:2击败了当时的联邦德国。由队长博比·穆尔带领，全队沿温布利球场著名的三十九级台阶走进皇家包厢，从女王伊丽莎白二世手里接过雷米特杯，这一刻成为了英格兰足球历史上最辉煌的瞬间。

当年阻击德国人进球的球门横梁被保存了下来，放在温布利球场的入口处，展现英格兰队的荣耀。而当时带领英格兰夺冠的头号功臣，历史上最伟大的队长博比·穆尔的铜像则矗立在球场门外,接受前来朝圣的球迷的膜拜。铜像下面的地砖上,书写着很多球迷的留言。据说穆尔有个先礼后兵的习惯:比赛开始的时候,在所有其他队友换上球衣之前,自己绝对不会穿上球衣。不知道这样是不是能给他带来好运?我在铜像前合影留念,姿势看上去像在模仿梦露,其实是伦敦郊区风太大,不得不用手盖住裙子。

温布利的看台总共分为三层。球场座位的空间很大,据说比旧球场皇室包厢的空间都大。座位的空间大小对于观赛体验来说很重要,一场比赛前后也要两小时,尤其像我们这种大长腿,如果位子很小,就坐不住想快点离开。

一位在温布利观看过热刺比赛的朋友告诉我,他买的是高层票,拥有很好的视野,就像坐在天上似的,下面的观众后脑勺如蚂蚁一般,有种观看哈利·波特魁地奇世界杯的感觉。球场有一处精心设计,就是颁奖台设置在一百来级台阶的位置,对赢家来说这只是轻快的一两分钟,但对输球一方来说,这一百多步却是那么沉重。

温布利球场是英格兰足球的最大骄傲,代表了英国体育的至高荣誉,这里也是贝克汉姆、欧文、杰拉德等巨星奔跑的地方。等下次球场开放了,我一定要亲自去看一看,去体会一下现场的激情。

Ⓐ 温布利彩虹拱桥

Ⓥ 博比·穆尔的铜像

Ⓐ 当年英女王授予博比·穆尔奖杯

Ⓥ 历经岁月的奖杯　　Ⓥ 温布利的照片墙

- 热刺球员在温布利热身
- 巨大的球场内景

热刺八卦

热刺的队徽，来源于古老的象征符号，图案是一只佩戴马刺的斗鸡站在足球上。俱乐部的名字据说来自14世纪的亨利·珀西爵士，他脾气暴躁，还喜欢在斗鸡腿上绑马刺。

热刺的吉祥物是只大公鸡，叫切皮。经历了很多版本，最新的这个样子并不是最好看的。它的眼神似乎有点不开心，就像凯恩受伤后，白鹿巷里的观众一样。

我的主播日记

空姐和主持（播）这两个看似不相关的职业，却同时发生在了我的身上，以前的我飞在空中，现在的我脚踏实地，对比一下 before 和 after，这两份工作却有很多共同点：

第一，幕前，以前面对的是乘客，现在面对的是千万观众；

第二，准时，航班起飞不会等你，直播节目更不会等你；

第三，熬夜，以前飞红眼航班要熬夜，现在直播英超也要熬夜；

第四，国际化，以前横跨大洋洲，现在横跨欧洲五大联赛；

第五，都是圆的，以前绕着地球飞，现在围着足球转。

感谢足球吧，是它让我的人生有了另一种可能！

从波音到绿茵

在从事足球节目主持之前,我是一名新西兰航空的空姐,经常有人说你的职业生涯跨度够大的,但是对比一下 before 和 after,这两份工作有很多共同点:

第一,幕前,以前面对的是乘客,现在面对的是千万观众;

第二,准时,航班起飞不会等你,直播节目更不会等你;

第三,熬夜,飞红眼航班要熬夜,直播英超也要熬夜;

第四,国际化,以前横跨大洋洲,现在横跨欧洲五大联赛;

第五,都是圆的,以前绕着地球飞,现在围着足球转。

说起我的职业生涯之路呢,看似我很幸运,其实也不是一帆风顺的。我的转型经历了外航空乘——攻读硕士——财经主持——足球主播这个过程,现在已经定型,在摸索的过程中虽然不是一步到位,但也积累了很多宝贵的经验。

大学临近毕业的时候,正好遇到新西兰航空招聘空乘,要求比较高,为了证明自己,我就跃跃欲试,当时是两千多人报名,最后选了八位,各种笔试、面试、英文口试、游泳测试、体检、政审等,历时一个多月。很幸运我考上了,还要去新西兰培训两个月。这是我人生第一份工作，谈不上喜欢，又舍不得放弃，因为那时太年轻，没有自信说出自己真正想要什么。其实我内心深处的梦想，是做一名智慧与美丽兼得的主持人，我喜欢用语言去感染观众。

那个时候的我，虽然有梦想，却是飘在空中的，不知道如何付诸实践，而作为一个外地人在上海打拼，在开始梦想之前，首先我要解决生存问题，于是我开始了三年的飞行生涯。那时波音777就是我的家，从上海到奥克兰，十二个小时的飞行，红眼航班熬夜倒时差，节假日过年过节都在上班，飞机颠簸厉害的时候我会躲在休息室里哭，我也害怕遇上空难再也见不到家人和朋友们，谁说空姐只会微笑，那是你没有看到我们的眼泪。

于是我做了长远打算，觉得自己不太适合这份工作，而且内心深处最初的梦想总是蠢蠢欲动。

飞了几年以后，我拿到了新西兰航空的终身合同，也就是常说的铁饭碗。那时我也很困惑，到底要不要转行。有一天，我在和公司亚太区总裁 Greg Edmonds 先生聊天中，直接表达了我的想法：我对现在的工作不感兴趣，我想辞职做自己喜欢做的事。这样的话即便是告诉父母，他们也未必同意。这是我第一次当着公司最大老板的面，说出了我的真实想法。

但让我意外的是，Greg 非常支持我的想法，他说："Vivian，我支持你辞职，去追寻自己的梦想。在我们西方人眼中，一份好的工作首先是让你感到快乐的。"他也帮我一起规划了转型之路，在没有找到梦想的工作之前，我可以回归校园继续深造，在深造的过程中找寻机会。我后来辞职去考 MBA，他也给我写了推荐信。

当然也要感谢新西兰航空把我从一个个性内向、不够自信、娇生惯养的小女生培养成了一个自信优雅、主动交流、可以独挡一面的职业女性，这对我以后的主持人生涯也是有很大帮助的，所以我从未后悔这段外航空乘的经历。还有粉丝评论我说："空姐出生的她在屏幕上显得更有亲和力，具有独特的甜美幽默的主持风格。"

随后我一路过五关斩六将，通过联考、复试、政审、体检，终于拿到了上海外国语大学研究生录取通知书，并且有幸拿到了面试二等奖学金。我很喜欢上外的国际化氛围，这里有来自全世界各国的留学生。开学的时候，院长让同学们写下自己的梦想，又再一次唤醒了我的主持人梦。

另外，在上外期间，我有幸认识了一位职业生涯的导师王丹华女士，她是台湾人，曾经是一名国泰航空的空姐，我们一见如故，她总是耐心地听我诉说我的困惑，她很支持我追求梦想，认为我应该找到自己的定位。依然记得当时她与我分享凤凰卫视吴小莉一路从空姐转型做主持人的传奇经历，给予我非常大的鼓励，让我一路坚定，不再轻易放弃自己的梦想。

于是在读研的最后一年，我也开始找寻主持人的工作，最开始的时候是做财经类相关，结合 MBA 期间所学的财经知识，做了一年的股评类节目，但是觉得股票节目太理性了，都是冰冷的图表数据，我还是喜欢偏感性热血的节目，比如说足球。

那个时候，我又遇到了选择的困惑，做主持人的大方向定了，那到底是做什么类型的主持人呢？如果只是万精油类的主持人，那也很容易被取代。虽然我更想做足球，但是在我的印象中，有足球女主播的节目非常少，貌似只有世界杯期间，会出现一些或穿着性感，或梨花带雨的足球宝贝，评论一些球星们的八卦。这远不是我想要的，要做就做专业的足球主播，我要有自己的个性和观点，足球无国界，我要联系足球背后的历史、文化、经济，我要把足球节目做到有深度。

这时某财经编导朋友还和我说："你本是可以攀上专业财经领域的人才，现在降低为泛足球服务自然是容易上手的，女生做足球节目很难摆脱花瓶的印象。"我非常不同意他的观点，这是典型的经验主义和对体育文化认知的缺失。做体育绝对不是降级，照样可以做到高大上，任何领域做到顶峰的人都是值得尊敬的。

中国的足球文化正在崛起，而对于有着百年足球文化的英国，人们早上起来除了看BBC新闻，必看BBC sport、Skysport，走到哪里都能看到，你不想看也会看。《卫报》《泰晤士报》《每日电讯报》更是不惜大版面刊登英超足球新闻。英国国家足球博物馆里的电影，讲述了足球发展历史，主持人是BBC头牌评论员Gary Lineker，年薪过千万。而且中超资本开始入侵五大联赛，试问动辄上亿的球员转会案例，难道背后不是充斥着强大的资本力量吗？这远比某些所谓的伪金融假大空有质感，更重要的是还有激情。当然，通过主持财经节目而积累的知识，会让我看问题更加深入。

也许是这个朋友的话刺激了我，我就要证明自己可以做到不一样。也许当一个人非常想做一件事情的时候，老天就会来帮你。机缘巧合的是，我在一次节目中结识了上海五星体育的足球节目主持人刘鹏老师，那时正好欧洲杯期间，我也很喜欢看刘鹏老师主持的《夜问》，经常半夜比赛还爬起来看。在合适的时机，我毫不犹豫地把自己对足球的热爱告诉了他，希望以后有机会可以参与节目，这也是之前新西兰航空教会我的，要大胆表达自己的想法。

2016年的夏天，刘鹏老师问我有没有兴趣主持《英超之夜》，那时这档节目是由五星体育和新英体育合作开办的，并首次在英超节目中启用女主播。虽然以前我不太关注英超，但又感觉似曾相识，因为英超球队里的很多球员都是各个国家队主力，对于世界杯、欧洲杯这些比赛我可是铁粉。

试镜的时候，节目组选了一些主持人，当安排节目的老师问我试播感觉怎样时，我很直接地回答，我对这个节目一见钟情，每次说到球队和球员的名字都很兴奋，感觉他们近在眼前。而且足球是世界性的，喜欢这种国际化的节目，和我本身的兴趣也比较符合。老师也觉得我的表达挺有意思的，我就很幸运地得到了这个机会。

于是，我开始了足球主播的生涯。我喜欢开播前倒计时的心跳声,《英超之夜》激情的音乐和评论员老师精彩的解说。2016/17赛季经常搭档的是唐蒙、李彦、金相凯、蔡惠强,还有刘勇老师。刚开始做节目的时候,我主持完开场,就坐在导播室处理自己的事情,过了几次以后,我觉得自己不能满足于现状,我应该做到更加专业,国外的主持人都是采编播一体的。于是我会披着外套(因为演播室特别冷),坐在大屏幕前,仔细听老师的解说,每次听到老师精彩的解说,我都忍不住会鼓掌。刘勇老师还会纠正我直播中的一些错误,我也很感激他,因为不会犯错就不会进步。

我像切尔西队主教练孔蒂,喜欢用丰富的身体语言表达自己的感情。有一场比赛切尔西的科斯塔进了一球,解说老师拿科斯塔对比英扎吉,天哪,我感动得满眼都是泪,又勾起了我对男神的回忆。英扎吉,神一样的人物,那些年我们追过的意大利男神,地中海血统的勾魂眼、性感的 butt chin(俗称屁股下巴,美称酒窝下巴)。我最喜欢听解说老师提到一些老牌球星的名字,可能我是巨蟹座的怀旧性格,喜欢永恒的经典,那些球星的光辉岁月也是我们的青春。

虽然节目中女主持人说的话不多,但我会加上自己的语言和风格。我本科是学英美文学的,喜欢把英超和文化联系在一起,给原本男性化的节目,增加一丝浪漫的色彩。比如说到南安普顿,我会说是泰坦尼克号的出发地,然后斯旺西的英文叫作 Swansea,是"天鹅海"的意思,位于城堡之都威尔士,有生之年要去旅游。

遇到某位教练或是球员生日，比如教授温格生日那次，我还会在节目中祝福一下，唱两句生日歌，虽然教授听不到，但是能引起球迷的共鸣。过新年的时候，我还拿英超球队的名字编了一首祝福语："祝您事业像红魔（曼联）一样红火，生活像太妃糖（埃弗顿）一样甜蜜，爱情像天鹅海（斯旺西）一样浪漫，跨年夜别忘了饮一杯红酒（伯恩利）……英超之夜昊玥 Vivian 敬上。"

2016/17 赛季，是我第一次直播《英超之夜》，我经历了杰拉德退役、拉涅利下课、温格续约等等重大事件。转眼一个赛季就结束了，我还没有穿遍好看的裙子，还没有背下所有球员的名字，还没有复习完所有台词，这个跌宕起伏的赛季就落幕了。

对切尔西球迷来说，孔蒂三后卫阵型拯救球队，强势领跑积分榜直到结束，这是个激动人心、让人心满意足的赛季；

对热刺球迷来说，在最后阶段打破"圣托特纳姆日"魔咒，完胜北伦敦德比，这是创造历史、球迷能看到希望的赛季；

对曼城球迷来说，瓜迪奥拉在纠结和争议中结束了首个赛季，球员伤病引援成众矢之的，这是个有些失望、稍显差强人意的赛季；

对利物浦球迷来说，在强强对话中不落下风，打下劫富济贫的"威名"，这是个充满刺激、让人忐忑不安的赛季；

对阿森纳球迷来说，教授承担了巨大的下课压力，但又一次在足总杯创造了历史，这是个让球迷纠结万分、最终破涕为笑的赛季；

当然对曼联球迷来说，原本的目标也是联赛冠军，可惜最终无缘前四，但好在进入联赛杯和欧联杯决赛，是可以给球迷一个交代的赛季；

而此刻，2017/18赛季还在激烈进行着，虽然对于曼城来说，冠军已稳入囊中，但是对于其他球队，争四和保级仍存悬念。

我至今还记得Greg先生对我说过的话，一份好的工作，应该是让你感到快乐的。能够把兴趣爱好和理想追求结合起来的人是幸福的，要遵从自己内心的声音，因为没有人比你更了解自己。在中国想要成功，天时、地利、人和很重要，再就是足够努力，足够聪明，足够坚持。虽然现在还不能算梦想成真，但"入行"是一个小小进步，我知道自己正朝着正确的方向在努力。比起做空姐飞在空中的那段经历，现在的我更想脚踏实地地完成梦想。

而对于我来说，《英超之夜》是我动了真情的节目，原本只是友情客串，却留下了刻骨铭心的记忆。感谢足球，让我的人生有了另一种可能！

Ⓐ 曾经的我飞跃太平洋

Ⓥ 现在的我跨越五大联赛

▲ 从波音到绿茵
（不代表任何航空公司）

∧ 受邀德甲沙尔克 04 现场观赛

∨ 受邀法甲大巴黎中心开业,与球星马克思维尔合影

∧ 主持意甲尤文图斯活动,与球星佩索托合影

∨ 英超传奇球星发布会,与利物浦副市长合影

● 受邀梅西零距离发布会

∧ 看看新闻《绿茵下午茶》嘉宾

∨ 模仿劳尔亲吻戒指   ∨ 五星体育舌战中超

女主播幕后花絮

在我看来,某些职业是不允许平庸的,比如主持人,平庸就意味着被取代。足球女主播更是如此,想要在这个男性主导的行业里争得一席之地,谈何容易?

《Match of the Day》的女主播 Jacqui Oatley,现年 42 岁,她是 BBC 历史上第一位女性足球评论员。2007 年,奥特莉完成了自己的英超解说处女秀,并在随后的日子里凭借过硬的足球知识和优秀的临场反应成为足坛最著名的女性评论员之一。

奥特莉在接受《卫报》专访时回忆自己刚刚"拿起"解说话筒的那段日子:"在我解说完第一场比赛后的几天里,我接到了不少信件。有观众表示我作为女性根本没有权利解说比赛,他们让我待在家里泡泡茶,而不是在 BBC 评论足球。我的回应是:'你们让我回厨房待着,那我想先请你们回到 1930 年。'"

现在的奥特莉已经成为了不少足球公益组织的成员,包括她在内的成员们在用自己的能力帮助想要在足球世界中发光发热的女性。足球本身就是一项以公平为出发点的竞技运动,性别平等既是趋势,也是必然需求。

2016/17 和 2017/18 两个赛季，我几乎每周都直播英超。我对工作的态度还是很认真的，都会提前两小时到达演播室。以前在航空公司，我们有一句话叫作"On time is too late（即使你准点到达，也已经迟到了）"，所以一定要提前。

到了之后，先去化妆室化妆，然后去演播室对稿，手稿由编导写个提纲，我们再用自己的语言说出来，就像脱口秀一样。但我一直觉得，主持人也应该自己写稿，比如另外一个节目《超G竞彩》，我就自己写推送文章，这样才能加深印象。

提前看稿很重要，我记得第一次主持《英超之夜》的稿子，小编把曼联写成了曼城，虽然只有一字之差，但是差之毫厘、谬以千里，这两队可是同城死敌，说错一个字就会招来成百上千球迷的投诉。

对完稿以后就开始彩排了，我们会佩戴耳麦，两个小蜜蜂，其中一个应急用的，防止另一个没有声音，造成直播事故。电视直播要求严谨，不能奇装异服，清明等节日要素雅出镜，也不能涉及政治敏感话题等等。我们一边说话，一边听耳麦里导播有什么提示：耳麦碰到头发啦，话筒线掉出来了。还有就是广告一个字都不能念错，多少秒倒计时，要说几句话结束，心里都要预估一下。

有的时候，我穿连衣裙没地方夹小蜜蜂的盒子，就一起夹在衣领上，于是就有了一张照片。没想到这张图片放在朋友圈、微博和 ins 上引来众多点评，"What the viewers can't see"，大概就是光鲜亮丽的工作背后也有不为人知的辛苦。

服装我基本都是自己准备，每次都会换不一样的，也会根据搭档来选择服装。我基本上是走偏性感女人路线的，我的搭档基本都是小清新风格。我有一次也穿了一条可爱连衣裙，然后被说不像我的风格。就像明星走红毯一样，有时难免也会出错，球迷们会关注我们衣服的颜色，来判断我们支持的主队，哈哈。我们在节目中有时也会猜输赢和比分，我记得我猜比分还是蛮准的。我们还开玩笑，是不是谁猜输了还要脱衣服。解说老师们坐在我们旁边的席位，因为他们只能拍到上半身，所以下半身可以随意混搭，有的时候从背后看解说老师上身穿着西装，下身短裤球鞋，尤其是刘越老师等运动员出生的，喜欢穿得宽松舒适。

演播室里通常有四台机位，摇臂、全景、特写等，哪台机位亮红灯就看哪台，特写镜头会把人脸拍得比现实生活中大，这就是我们通常所说的上不上镜。我是不上镜型的，每次别人看到我都说你真人比上镜瘦好多哦，哈哈。我们开玩笑说，摄像老师偏爱谁，就会多给特写镜头，因为想在镜头后面仔细看你。镜头是会把人的脸拉宽，不过我宁可现实生活中好看，也不要为了上镜好看而拼命减肥。而且我一直很有阿Q精神，我走国际路线，老外喜欢健康型的，不要太瘦。

也不要以为我们收入很高，我们只是拿着合理的节目稿费而已。但是《英超之夜》这个节目播的平台很广，除了五星体育和新英体育，很多地方体育频道都能看到。经常看到微博上有来自天津、北京、福建、南京等地的粉丝留言，他们给我的节目截图都是带着地方频道台标的，也蛮有意思。

　　当然，做节目也会遇到一些小状况。比如夏天嘴唇被蚊子叮肿了，一时半会儿消不下去还要上节目。发痘痘，那就更常见了。2016/17 赛季，我们是坐着直播的。有一次直播结束，老师来搬我坐过的椅子，说椅子上都是你掉的头发，还好我发量很多。我习惯两腿交叉像空乘培训时那样坐，但为了对镜头，椅子会调得比较高，半小时直播下来腿就麻木了，有一次下了椅子直接摔倒在地上。这些窘态估计屏幕前的观众是想不到的。国庆节、元旦、情人节、春节等节假日，因为要做节目也没回家，从凌晨 2 点一直工作到凌晨 6 点。做一场节目，说话时间不超过半小时，但是前后准备、直播、等待时间总共要五个多小时。但是，这些问题比起我对节目的热爱，和球场上勇士们的拼搏，又算得了什么呢？！

　　再后来，我走出了演播室，去实地采访外国球星，于是我需要更加丰富我的足球知识和足球英语。我会背诵足球专业词汇，一个单词要看七遍以上才能记住它，球员的名字也是。观看原版足球电影，比如《一球成名》《曼联重生》等，通过电影学习足球知识，也会看 Skysport 原版英文解说，练习配音。还从英国买了很多英文原版的足球书籍，然后在 Twitter 和 ins 上关注一些球队，玩电子游戏《足球经理》，加入上海外国球迷群，定期去英国商会交流。我每次去的时候，都习惯站在商会小酒吧的角落，来自英国各地的会员朋友会过来和我聊天，他们支持不同的球队，他们知道我做英超节目，兴奋得就像遇见了老乡，还戏称我每次站的那个角落叫"Vivian's football corner"。

除了采访英超球员以外，我也有接触足球团队各个部门的人才，球员、教练、解说、翻译。觉得他们都有个足球梦，都是勇于拼搏的人。90后球迷英国留学归来，励志成为一线队教练；中超24岁左路铁闸，不畏U23新政，保持竞争，获得首发；恒大小将一球成名，18岁踢中超，不幸受重伤修养一年，在里皮的鼓励下重返赛场；PPTV的解说从8岁开始就立志做足球节目。还有一些预备队球员，和我抱怨足球潜规则，这个我不了解，但任何行业都不可能做到百分百公平，只有足够努力、足够聪明、足够坚持的人才会脱颖而出。有人说一线球员的年薪虚高，但我觉得他们从小吃了很多苦，以前的付出也是要算进去，平均到一开始踢球的每个日日夜夜。有人说足球运动员没文化，但我认为未必读书就是唯一出路，在任何领域做到顶峰的人都是值得尊敬的。而且足球圈也不乏一些学霸和在艺术上有造诣的人，比如中超的艺术家门将，钢琴八级。

我刚开始是不用微博的，有一天搭档告诉我有很多人问她我的微博，于是我才开始把长草多年的微博重新打理起来。而且有强迫症的我，补齐了从一开始做英超的照片以及感悟。经常打开微博，看到好评的同时也会夹杂几句污言秽语。做足球节目的女主播容易火也容易被黑，要有强大的心理素质。

足球喷子还是比较多的，尤其是触犯到他的球队，一定会恶言反击。比如阿森纳球迷不喜欢称呼球队"娜娜"，利物浦球迷绝对无法容忍"马桶"这一称号，还有同城死敌不能互相提及等等，做足球节目要懂得这些禁忌，否则就会被骂到飞起。这些知识也不是一时半会儿就能学会的，需要长年的积累。

偶尔，我还会做一些福利抽奖，送出过一些球员签名的球衣。

因为直播节目的说话时间有限，我又试着在微博上发一些自己评球的小视频，作为节目的补充，有的时候也不是为了圈粉，而是为自己的知识输出留下记录。刚开始的时候难免会出错，有网友会看并且指出我的错误。资深评论员刘勇老师也会毫不犹豫地纠正我的错误，我特别感谢他，因为没有纠正就没有进步，我是在错误中成长的。

有时也会在微博发一些比赛推荐，正好我也在做五星体育《超G竞彩》节目，因为以前也主持过股票类节目，所以觉得足彩和股票有相似之处，都要从基本面和技术面进行分析。而且这档节目让我认识了除英超以外，各种大大小小联赛以及俱乐部，经常会听到一些小众俱乐部的名字，做了一年下来把各个俱乐部都认识了个遍。我会把球队所在国家或城市的历史文化顺便加进去，比如推荐世预赛西班牙vs以色列，我还写了理性分析和感性分析。理性分析：西班牙和意大利同组，两队积分相同，以色列小组第三和意大利西班牙仅仅一分之差，实力有差距。感性分析：西班牙是传统强队，斗牛士性格，实力雄厚；以色列是宗教之都，实力略弱，但有信仰支撑。我猜中的比例还是蛮高的。

还有一个有意思的事情，自从我做了《英超之夜》这个节目以后，就有网友给我起了个外号叫作"丝袜主播"。在这里，我想解释一下由来。在做主持人之前，我是一名新西兰航空的空姐，航空公司要求制服必须搭配丝袜，所以我觉得穿丝袜是一种职业习惯和礼貌。而且我们两位解说老师穿西装怕热，演播室空调温度比较低，穿丝袜还可以保暖，何乐而不为？

总之，没有一份坚持是不辛苦的。C罗和梅西也是因为有日复一日、年复一年的刻苦训练，才有了今天君临天下的成就。自从做了足球主播，我看山也是足球，看水也是足球，见到谁都想聊足球。中国朋友称我为"英超女神"，外国朋友称我为"Football Princess"，因为我的热爱，因为我想出类拔萃，就像很多球员那样，我也有一个足球梦！

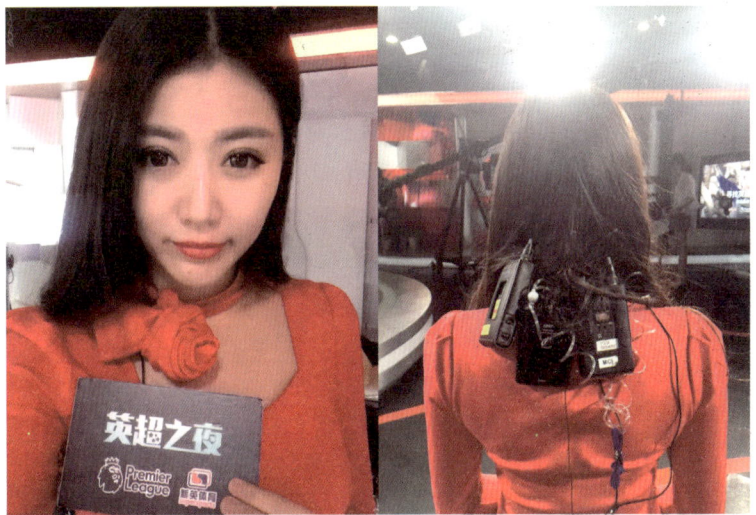

⊗ Jacqui Oatley（图片来源：ITV）

⊙ 背后的秘密（小蜜蜂，应急麦，耳机）

A 演播室的我
V 荧幕上的我

∧ 我的搭档

∨ 解说刘勇、陈侃

A 唐蒙、刘越老师

V 解说金相凯、蔡惠强

∧ 跨年夜直播要穿红色

∨ 导播室

∧ 逗逼表情被抓拍
∨ 网红青团当夜宵

∧ 熬夜、黑眼圈、发痘,也要坚持直播　　∧ 鸡年演播室里的新朋友

∧ 过年时候的演播室
∨ 节目组过生日

Ⓐ 化妆

Ⓥ 来得太早,小伙伴还没到　　Ⓥ 熬夜下班已是清晨

我的世界杯情结

"足球不仅是一项运动,也是一个国家历史、文化和经济的缩影,更是一代人的芳华。有的时候我在想,我是在怀念某位球星,还是在怀念我的青春,想来想去,原来他就是我的青春。"

这是我在江苏卫视《一战到底》节目上的一段心灵独白,那次我是以一名特殊的女球迷身份参与这个节目。因为编导觉得我不同于其他女生的是,对于男球星,我是不爱颜值爱个性的。我还在节目中模仿了阿根廷战神巴蒂的机枪扫射动作。

1998年的世界杯,是我对足球的最初记忆,从1998到2018,从王菲那英的《相约九八》到今年春晚的《岁月》,二十个年头,五届世界杯,简直就是一本青春的纪念册。

1998年,那时我在读小学,还没有网络直播,大家都在家看电视。我很关注报纸上的节目预报,除了追剧《还珠格格》,当然还要关注世界杯,每次都很期待电视里播放那首世界杯主题曲:瑞奇·马丁的《生命之杯》。我会对着屏幕,把歌词抄下来,还会存钱去买磁带。

那个暑假,我住在爷爷家里,那时爷爷奶奶还在世,爸爸妈妈都很年轻。每次听到音乐的高潮部分"Go，go，go，Ale，ale，ale"，我都会随着拉丁旋律，激动地在床上扭起来，然后经常被爷爷教育床都要塌了。

这次世界杯是我第一次认识了巴蒂，也许球王有很多，但战神只有一个，喜欢他精准的暴力远射,还有他机枪扫射的进球动作,让我觉得他很男人。所以那场英格兰 vs 阿根廷的八分之一决赛，小贝染红导致英格兰提前出局，女生们都在为小贝流泪，我却希望阿根廷能在巴蒂的带领下越走越远。当然，那届世界杯还有很多英超球员驰骋沙场，枪王之王亨利、冰王子博格坎普、追风少年欧文，那一届的冠军则是在齐达内带领下的法国队。

2002 年，中国进一步登上国际舞台，正式加入世界贸易组织 WTO，而且第一次进入世界杯，可以说全中国人民都沸腾了，无论是不是球迷，那年夏天都万人空巷，等在家里看国足上场。我还在家准备了中国国旗，想着如果赢球了我就举行升旗仪式。

那个时候我在读初中，上课的时候大家都人在曹营心在汉，那时还没有手机，就悄悄把收音机藏在课桌下。尤其是中国队的比赛，化学老师前一秒还在说上课要专心听讲，下一秒自己也忍不住问有没有进球？逗得我们全班哄堂大笑。然后几场关键比赛，我和几个同学还翘课跑到公园广场上去看，那个大屏幕看起来很爽。在这个情窦初开的少女年代，我也总是期望那个他能够陪伴我一起看球。

这是战神巴蒂参加的最后一届世界杯，是最后一次实现自己毕生梦想的机会。不幸的是，阿根廷被抽到了死亡之组，1:0 赢了尼日利亚，这是巴蒂为蓝白军团贡献的最后一粒进球，接下来 0:1 输给了英格兰，后被瑞典逼平，小组赛惨遭淘汰。那一刻，潘帕斯雄鹰巴蒂泪洒赛场。我还记得巴蒂蹲在绿茵场掩面哭泣的画面，他的小拇指甲盖也因为受伤成了紫黑色。那年的夏天虽然很热，但球迷们却唱着《大约在冬季》以纪念巴蒂，"轻轻地我将离开你，请将眼角的泪拭去，漫漫长夜里，未来日子里……"战神远走意大利佛罗伦萨，也是那个时候我的目光转向了意大利。当年的阿根廷第一射手巴蒂，现在已经被球王梅西超越，但他长发飘逸的背影永远留在我的心中。

最终，2002 年世界杯的冠军是巴西队，这是历史上首个五度获得世界杯冠军的队伍。

2006 年，我离开家乡，来到上海读大学，第一次离开家，每到晚上思乡的情绪油然而生。学校宿舍房间里没有电视，那年的世界杯我就跑到楼下大厅里去看，腿上被蚊子叮得都是包包。那时还没有微信，校内网正在流行，大家在校内网上贴出自己的主队，也因此结交了一些志同道合的球友。那一年世界杯应该是女球迷最多的一年，意大利男模队正式出场，皮耶罗、英扎吉、托蒂吸引了无数眼球，他们有着地中海男人如上帝雕刻的脸庞，就连老爷子里皮抽雪茄的表情也能吸进心里。

这届世界杯，中国观众记住了经典的"伟大左后卫灵魂附体"一说。在意大利队淘汰澳大利亚后，央视主播黄健翔那段撕心裂肺的怒吼:"点球!点球!点球!格罗索立功啦!格罗索立功啦!不要给澳大利亚人任何的机会!伟大的意大利的左后卫,他继承了意大利的光荣的传统!法切蒂、卡布里尼、马尔蒂尼在这一刻灵魂附体!格罗索一个人,他代表了意大利足球悠久的历史的传统!在这一刻,他不是一个人在战斗!他不是一个人!……托蒂!……托蒂面对这个点球。他面对的是全世界意大利球迷的目光和期待!……球进啦!比赛结束啦!意大利队获得了胜利!淘汰了澳大利亚队!他们没有再一次倒在希丁克的球队面前!伟大的意大利!伟大的意大利的左后卫!马尔蒂尼,今天生日快乐!意大利万岁!"这段解说后来被演变成各种方言广为流传。

这届世界杯,意大利男模队夺冠了,主教练正是里皮,那个时候银狐肯定没想到,若干年后强大的中超资本会入侵五大联赛,连自己也会被吸引来中国执教。

2010年,我离开校园步入社会了,第一份工作是新西兰航空空乘,所以那年的世界杯,我经常在奥克兰酒店里观看。新西兰是大洋洲的岛国,国土面积只相当于中国的某个省,他们最著名的运动是Rugby(英式橄榄球),但没想到拥有众多"业余球员"的新西兰足球队,居然挺进了这届世界杯。据说队中某新西兰球员本职工作是经营农场,平时要照顾众多奶牛和绵羊。他们在小组赛中战平了卫冕冠军,逼平斯洛伐克和巴拉圭。这一三连平战绩导致了出局,即便是告别南非,新西兰人也完全可以昂首阔步,凯旋归来。我在奥克兰机场还偶遇了这些将士,他们赢得了接机群众的热烈掌声。相比新西兰这样的小国家，让人不禁又想调侃国足了，为何这么大的国度就找不出十一个踢球的人？

这年夏天，我还忙里偷闲，参加了世界旅游小姐比赛，摘得了全国亚军桂冠，晋级了世界范围的比赛，遇到了来自108个国家的佳丽，远比世界杯三十二强的国家要多，选美比赛的激烈竞争，比起足球赛场也丝毫不逊色。

这一年的世界杯也是首次在非洲大陆举办，向世界传递了非洲人民的热情和对世界杯的期待。最终，西班牙队捧得大力神杯，卡西利亚斯的笑容又迷倒了千万女生，就连当时上海世博会的西班牙馆都沸腾了。

2014年，我已经辞去了新西兰航空的工作，考上了上海外国语大学研究生，再一次回归校园，开始了自己的追梦之旅。冥冥之中，我感觉自己的职业转型一定和足球有关。那年全上海MBA运动会的啦啦队舞蹈比赛，作为队长的我，还用最心爱的1998年世界杯主题曲《生命之杯》编了一支舞蹈，找了八位美女同学穿不同的队服一起演绎，还找八个小朋友当小球童，把小朋友们开心坏了，而我选择的当然是阿根廷队服。

这届世界杯，正遇我去美国杜兰大学游学，决赛那场阿根廷vs德国的比赛我历历在目。当时，我正在洛杉矶机场转机去新奥尔良，一下飞机就在机场迫不及待找了一家咖啡厅，和一帮老美坐在一起看球。我还是一如既往地支持阿根廷，而且阿根廷终于在经过了几年的低迷之后，在梅西的带领下冲进了决赛，这太令人兴奋了。可惜，最后命运之神再一次和阿根廷擦肩而过，梅西掩面而泣，那一刻时光恍如隔世，我又看到了2002年巴蒂泪洒赛场的影子，那一刻，我身边不同肤色的美国人也在为梅西，为阿根廷叹息，感觉全世界都欠阿根廷一座世界杯。

那时微信已经普遍使用，我也开始在互联网移动端观看比赛信息。而那一年的11月19日，首届世界互联网大会在中国浙江乌镇召开，这也预示着2015年移动互联网的崛起，人们收视习惯的改变，以及对传统媒体的冲击。

不知不觉，已经来到了2018年，看着今年的春晚，二十年过去了，感觉王菲和那英依旧风韵犹存，只是我的爷爷奶奶已经作古了。过年的时候，我和高中闺蜜聚餐，想起当年一起看球的岁月，我问她今年还看世界杯吗？她说不看了，因为她认识的球星都退役了。我想想，是啊，连鲁小胖都退役了，本来想再看一届布冯的表演，谁能料到这次意大利居然没进世界杯，那个年代那些巅峰已经过去了。

对于国足这次没能进世界杯，也是遗憾，但我也看到了在里皮的带领下国足的进步。预选赛有一场国足赢了韩国的比赛，正好又是特殊时期，很是振奋人心。对于和平年代，足球就是现代战争。赛后我曾写下这样的话语：对于韩国，或许我们曾经追过韩剧，暗恋过他们的欧巴，学习他们的整容技术，用过三星笔记本，吃着他们的炸鸡，但是对于足球，今晚我们说的算，要用足球证明，这球萨德拦不住。我也曾开玩笑说："国足未进世界杯，我不敢老。"

本届世界杯正值本赛季的英超直播结束，我也希望能以一名足球从业者的身份，去俄罗斯现场观看比赛。而且，我也预测，本次世界杯是一个巨大的机会。因为之前没有任何一次大赛，个人可以通过直播、短视频、社交网络向全网传播信息。如果把握得好，作为先行者，可以获得很多的关注和影响力，进而在世界杯后获得更多的机会。

世界杯期间，英超球星们也都回归国家队，在同一个俱乐部的球员，现在代表不同国家，在场上相互厮杀。还有些在俱乐部曾是同城死敌，到了国家队又要团结一致。我现在脑子里有一个错综复杂的网，比如阿根廷遇到比利时，阿奎罗和德布劳内，这对曼城双雄，就要较量了。而巴西队的库蒂尼奥和菲儿米诺，两人曾在利物浦是哥俩好，应该配合起来更默契。值得一提的是巴西还有一位大器晚成的保利尼奥，是从中超恒大球队重返世界杯赛场的。还有德国队的厄齐尔，来自阿森纳，可惜他曾经搭档646组合的大腿桑切斯不能出现在世界杯了，因为他的国家智利没有入围。法国的吉鲁，在阿森纳曾是拉卡泽特的替补，不过到了国家队要风水轮流转了。伊布也曾扬言，没有他的瑞典队会丧失很多媒体目光。英格兰的哈利·凯恩，本赛季英超射手王，很被看好，今年很有可能会带领三狮军团闯入八强。而会做生意的美国人，虽然没有进本届世界杯，但也在筹划世界杯落选豪门比赛，团结了意大利、荷兰、中国等球队。而战斗民族俄罗斯的足球流氓们，也等着面对全世界足球流氓的挑战。

那么今年到底谁能捧得大力神杯，本届世界杯又能创造多少经济收益呢？赞助商们，足球媒体，全世界人民，都拭目以待吧！

二十年，弹指一挥间。人生不过百年，也不过二十五届世界杯，球员们珍惜每一届世界杯就像职业生涯的最后一届，而我珍惜岁月的每一天就像生命的最后一天，这是我的世界杯情结，也是我们的世界杯情结！

∧ 《一战到底》模仿巴蒂庆祝动作

∧ 1998年世界杯瑞奇·马丁唱了主题歌《生命之杯》

∨ 战神巴蒂泪洒赛场

⌃ 2006 年意大利夺冠,中间是主教练里皮

⌄ 2010 年西班牙夺冠,时任队长卡西利亚斯

△ 2014年世界杯期间，研究生啦啦队比赛

▽ 在啦啦队，我穿阿根廷球衣

Ⓐ 本届世预赛为中国队加油

Ⓥ 穿国足球衣写真

南安普敦的中国老板

2017年12月20日,我的英超圣诞之旅正式开启,抵达伦敦的第一天晚上,有幸和英超南安普敦俱乐部的中国老板——高继胜先生聚餐,他刚结束南安普敦的会议回到伦敦,平时在国内日理万机也很难遇到。所以这不是媒体采访,是一次简单的聚餐聊天,不涉及球队商业机密,当时范戴克也还未转会。

高总为人非常低调,没有专车,没有带助理,自己打车来的。他穿着朴实,戴着眼镜,更像一位学者教授,而不是传统意义上的生意人。高总称呼我为小王,说:"小王,中餐西餐,我们吃哪种?"当时我住在伦敦市区,周围很多餐厅,很方便也不需要预定,我就说:"看您喜欢,我都可以。"高总说:"那就中餐吧。"在国外和中国友人吃中餐的感觉很亲切。

从谈话中了解到高总酷爱体育和文学,大学读书期间当过篮球裁判,他绘声绘色讲述了一场对其一生影响重要的比赛。1975年,当时的上海华东联队和西班牙篮球队比赛,高总被选中去做裁判。第一次做裁判,难免紧张,不小心错判了一个球,心里纠结。这个时候中国球队叫了暂停,老师过来说了一句永远让他记得的话——你不要记着前面错判的球,如果一直想那个球,你后面就判不好了。暂停以后,他把情绪恢复到更加稳定,最后算是出色完成了任务。那时高总得出一个结论:谁都会犯错误,重要的是怎么样正确对待错误。如果不以为然,那就永远不会有进步;如果把错误变成包袱,背着历史包袱就不能更好前进。

说到文学,高总更是兴趣盎然,因为喜欢写作,他在部队的时候写过不少通讯报道,十五年来一直担任萧山作协名誉主席,保持着孜孜不倦的阅读和写作习惯,莱茵体育微信公众号的董事长专栏他也亲自撰写。他透露说:"其实内心真正追求的是,希望成为一个相对纯粹的文人。"

关于收购南安普敦的话题,高总说道:"当时谈判了十个月,最后达成一致,潜在的买家还有一家美国公司,价格报得比我们高,但他们的风格,管理层不喜欢,他们是要彻底掌控,一看这个苗头不对就停止谈判了。南安普敦是一家有情怀的球队,通过面试,我令他们感觉到可以信赖或者说感动他们。"

我仔细听着,好奇地问:"在哪方面感动他们呢?"

高总继续说:"7月22号面试,他们认为资本出不来,也许面试结束也无能为力,我承诺只要你们批准,我想办法搞定资金,想办法海外贷款,这个过程,痛苦、漫长、曲折……"

高总说:"实际操盘英国俱乐部的英国人也不多的,教练有一部分。控制人至少三分之一以上是美国的、中东的、中国的、俄罗斯的和犹太人等。虽然俱乐部都在往外卖,但是联盟觉得我们还是要保持高度的英国文化。总的来说，五大联赛中英超还是比较规范的，管理比较严格。他的版权相对稳定，增长的幅度也还是比较大的。说起版权这块，英超这个赛季的收入，其中70%来自于本土，30%来自于全球，中国的比重是相当少的。

"所以通常情况下，前十五家球队预支得好还是不会亏的。足球可以不停地调整结构，不停地把球员的身价提升。英超前三甲球队，球员的平均身价都在5000万英镑以上，也就是说四五千万英镑的球员有的时候踢不上球的，这里面如果教练没有很高的威信的话，就控制不住更衣室，说起来这也是豪门球队的一个弊端。"

聊到俱乐部的话题，高总首先描述了南安普敦神秘的"黑匣子"。黑匣子原本是飞机专用的电子记录设备，而高总所说的黑匣子是一个加密数据库，里面储存着全欧洲球探采集的球员数据，只有南安的四大高层才能进入系统。圣徒南安普敦历来以青训著称，也有球迷称其为"球员超市"，培养出了贝尔、拉拉纳、张伯伦、钱伯斯等优秀球员。

说起南安普敦的经营理念，高总也有自己的见解："像我们南安这样，球队有五六名身价3000万的球员，总是会有机会上场。但如果你要到别的球队去，3000万就只能坐板凳上，或者垃圾时间给你上个几分钟，根本没机会。所以我们这里能培养运动员，3000万英镑踢个两年就变成5000万，只要能进球就行，就像我们的奥斯丁。我们不是豪门，我们需要自力更生，真正的永远的豪门就是自己这个公司。砸钱的豪门总是起伏很大，我们这样的公司，立足于青训，可能五年十年，走得都很平稳。南安普敦这个城市我也比较喜欢，之前利物浦市长来中国，宣传他们的城市和俱乐部，我也动员南安普顿市的领导去推广他们的城市。南安这个小城市风景很好，离伦敦也比较近。前两天我和我小孙子去比斯特奥特莱斯逛逛，小孙子穿着南安普敦的球衣，然后有个营业员送了他两个大的冰淇淋蛋筒，还要和他合影，那个营业员正好是南安普敦的球迷。"

高总还聊道："我收购了这家俱乐部，但对于足球，它的深水区我们还不了解。所谓深水区，指的就是球员交易，猫腻最多，难度最大，做得好，好也好在这；做得不好，坏也坏在这。当然欧洲市场更糟糕，英超相对还好一点，不过也不是一潭清水，黑幕交易、人为包装炒作等情况很多，去年把整体球员的价格都炒高了。"

这让我想到了著名经纪人门德斯。据说还有这样一段小故事，当门德斯得知中资欲收购南安普敦时，特意搭乘私人飞机带着助理飞到伦敦，邀请高总在伦敦最有名的牛排馆吃饭，还叫了阿森纳的球员们一起。整个晚宴过程中，餐厅没有其他客人，更没有人拍照。但是第二天，大报小报的足球版面都刊登了他们聚餐的照片，文章内容是门德斯要把俱乐部介绍给中国人，预计收购会成功，如果成功，希望建立球员交易的合作等等，可见门德斯是非常懂得炒作的。

高总继续说道："足球俱乐部的总经理就是人民币的两面，一面你要搞好比赛，一面你要搞好经营。你必须搞好比赛，赛事越打越好，你的名次越靠前，才会对经营越有帮助。南安普顿就是这样做的。当然我也批评他们，今年经营做得不好，赛事也做得不好。遇到这些情况，多数俱乐部总经理会从技术层面去干预的。"

谈到教练，高总也有自己的见解："教练分两种类型，最高境界的教练有多种作战方案，会为球队设计一套战略，因球队制宜；还有一种教练，是永远不变的，比如以进攻为主的教练，买前锋，买前腰，不断买人，球队要跟着他变。南安目前的教练我心里觉得一般，想再看看，毕竟才打了十场比赛。我觉得教练，首先要像慈父一样爱球员；其次要像将军一样，纪律严明，奖罚分明，能打胜仗。没有铁的纪律和残酷的训练不行。以前运动员住校，早上几点必须起来，晚五分钟都不行。"

我也很赞同地回应："五分钟很重要的，五分钟能改变一场比赛的结局呢。体育这东西，没有激情是不行的。"

聊天的过程中，我也和高总说到我在写书，但写书的难度在于时效性。高总说："这个没关系，因为英超的俱乐部大都有百年历史，联盟的主席问我，你收购这个球队，你是做生意，还是因为喜欢，还是因为别的什么原因？我就说，我们南安有131年的历史，一百三十一年在人类的历史长河中不算长，但是人的寿命有多长？这个球队经历了很多很多的老板，其中不乏那些优秀的、有情怀的人，他们无私地奉献给这个球队。包括我们前老板在危难之时拯救了这个球队。所以我希望我能够努力去做，以前人为榜样，努力比前人做得更好，至于球队能在我手里十年二十年，我要看形势的变化。因为人的寿命没有球队长，铁打的江山流水的兵，铁打的英超，流水的老板，流水的运动员，就是这个道理。"

我说："这个变化过程也很正常，尤其是这个俱乐部，俱乐部的背后肯定是公司，公司的情况要是不好，俱乐部也没办法好，一方面是情怀，另一方面也要做生意。"

高总说："这句话你说得太对了，无论做什么，如果这个老板就生意而生意，这样肯定做不大，肯定是要有情怀，要有远见的。要有目标，我讲的所谓的情怀不是短期行为。你执着于、看好于、坚持于某个领域，在这生根习作，把它当作信仰来做，这叫情怀，但是情怀必须要有经济基础，就是生意基础。没有生意的情怀是不长久的，没有情怀的生意也是很低端的。所以生意和情怀是相辅相成的。生意不是买卖，生意也不是贸易，生意是一种诗意，生意的最高境界就是创造比生意更长远的东西。中国人太聪明了，创造了'生意'两个字，生意就是生命的意义所在，生意盎然，生机勃勃，生意两个字意义太重大了。"

我听了很感动，我说："希望您以后可以在英国和中国的足球名人堂里竖起一尊雕塑。"他谦虚地笑了笑说："能在南安俱乐部树立个铜像就不错咯。"

和智者良师的对话，让我忘了旅途的劳累。高总已经是年过半百了，还国内国外飞来飞去，好像不知疲倦，这给了我很大的鼓励，也更体会到，权力越大，责任越大，成年人的字典里没有"容易"二字！

 和高总在伦敦吃中餐

- 高总在球场看台
- 高总在参加领袖峰会
- 高总站在南安普敦的港口

∧ 贝尔是由南安普敦青训出品的

∨ 著名足球经纪人门德斯的自传

水晶宫球员现实生活的样子

2017年7月20号,在上海忙完了ICC国际冠军杯,我迫不及待地赶赴香港直播英超亚洲杯决赛,新英体育是本次直播的大陆独家采访媒体。下午从上海飞过去晚点一个多小时,正值雷雨季节,到达香港酒店已是晚上,终于和大部队汇合。大家聚在一起开会讨论第二天的行程,按照计划如果天气状况良好,第二天一早将有水晶宫俱乐部游维多利亚港活动,我会全程直播互动,这次可以看看现役球员们在球场以外的样子,了解除了足球以外他们还有哪些兴趣爱好。

开完会回到房间已是深夜,我打开水晶宫俱乐部的资料,开始复习,虽然水晶宫不是英超传统强队,但是英超无弱旅,每场比赛都充满了悬念,每支球队都有自己的特色。水晶宫是一支位于伦敦南部的球队,主场是萨尔赫斯特公园球场,主教练是阿兰·帕杜,队徽是一只展翅的雄鹰用爪子抓住一只足球,矗立在英国著名建筑水晶宫之上。这支球队给我印象最深刻的应该就是它的名字:Crystal Palace,多么浪漫的名字,果然因为我是女生,哈哈。我们的国脚范志毅范大将军也曾在1998年效力于水晶宫,成为当年的年度最佳队员，并担任过该队队长。范志毅前几日也来到香港观看水晶宫的比赛，看到曾经效力的球队，范指导肯定别有一番风味在心头。

然后重点看了一下水晶宫球星本特克的情况。本特克 2015 年夏天以 3250 万英镑的价格加盟利物浦，但他只在红军待了一个赛季就转投了水晶宫。这名比利时国脚一再强调自己之所以离开利物浦，是因为不想在安菲尔德成为失败者，跟主帅克洛普之间没有任何问题。看到这里，很多球迷又要脑补詹俊老师的段子了，于是我很想知道他现在在水晶宫感觉怎样。看着资料，我想着各种球员的画面，不知不觉进入了梦乡。

第二天早上醒来，等到九点多的时候，终于接到确切通知，游船活动照常进行，十点钟从维多利亚港出发。于是我们节目组火速赶往码头，我连防晒霜都来不及找，拿着面包和水就冲出去了。来到维多利亚港，晴空万里，顿时心情大好。天气非常炎热，我穿了一件运动露脐装，打开直播画面的一刻，听到后台开玩笑说有料，哈哈。几分钟以后，看到远处一排身着统一队服的球员们向这边走来，走在前面开路的是水晶宫官方电视台，这次英超亚洲杯，他们也是全程拍摄。球员们终于来了，戴着墨镜，有说有笑，我竟突然脸盲，昨晚背下的球员名字和相貌一下子想不起来，居然觉得都长得差不多。等他们走近船的时候，我试探性地打了招呼，说"Hello，how are you"，大概因为不认识我，他们腼腆地笑笑，然后大家一起上船准备出发。

船上的风特别大，球员们直接走上二楼躺下休息，我先在一楼甲板处和水晶宫队工作人员寒暄几句，看看风景。这艘船看上去古色古香，维多利亚港的美景尽收眼底，我想球员大概休息得差不多了，于是摇摇晃晃登上二楼采访。二楼的座位是一排垫子，三十几个球员们全部躺在垫子上，有的在低声细语，有的在拿手机拍风景，很安静很休闲，甚至还有些腼腆，和球场上的猛兽状判若两人。

我绕了一圈，终于看见本特克的身影，这名比利时国脚戴着墨镜正放空看着远方。嘻嘻，来的时候特意查了资料，本特克刚刚和妻子低调完婚，并在社交网络上分享了他和妻子的合影，写道"美女与野兽"，真是喜欢自嘲。我上前一步和本特克打了个招呼，先祝贺他新婚快乐，他有点惊喜的表情，大概想原本低调完婚，但没想到全世界都知道了。

从本特克的表情和与旁边队友的交流，看得出他在球队如鱼得水。于是我问了句："看您在水晶宫踢球挺愉快的，以后要是中超邀请您，您会来吗？"

他微笑着说："的确在这里受到主教练阿兰·帕杜的赏识，他很信任我，待得很愉快。也不排除以后会来中国踢球，毕竟不是每个人都能像梅西、C罗那样赢各种奖项，踢球除了赢奖杯之外，也是为了赚钱生活嘛。"他说的这句话，让我感到这位球星很实在，甚至感到他作为一个丈夫和父亲所担当的责任。再升华一步，就是成年人的字典里没有"容易"二字，等哪天老了踢不动了，也可以存足够的钱养家糊口。此刻也能理解他离开利物浦的选择，毕竟红军竞争更加激烈，而他需要的是一个能施展自己才华的舞台。

看他聊得挺开心，我又忍不住问了个世界杯的问题。我说："世界杯比利时队都是球星，很让人期待，阿扎尔和卢卡库也在英超踢球，你们之间竞争国家队名额很激烈吧？"

他还是很真实地回答："如果我说不激烈，那是在说谎，我们几个都会互相关注，这也很正常，是一种良性竞争，你想留在国家队首先要在俱乐部踢上球，所以我希望新赛季有好的表现。"

最后我问："这几天在香港感觉怎样？"他说："今天最开心，很喜欢这次游船活动，这是我们难得的放松，其他时间基本都是在酒店或者训练场。这是我第一次来中国，我也感受到了中国球迷的热情，想对支持我们的朋友表达谢意。"

的确球员们也挺辛苦的，亚洲杯结束后就要回国准备联赛了，最后预祝他明天的比赛一切顺利。本特克是比利时球员，英文略带法语口音，英超俱乐部也是从世界各地吸引了不同国家不同肤色的球员，很多球员都来自各国国家队，世界杯的时候又要代表他们的祖国互相较量，这时候队友又会变成对手，我想这也是足球的魅力所在，永远没有一个固定的答案。

采访完球员，我又来到一楼甲板上，接受水晶宫官方电视台的采访。英超俱乐部的每支球队基本都有官方电视台，他们每天的工作是拍摄球员训练、俱乐部新闻等等，这名手举话筒的小帅哥就是俱乐部官方记者。我告诉他我是来自中国上海的英超节目主持人，英超在中国是五大联赛最受欢迎的比赛之一。我说我去过伦敦，但是没去过水晶宫俱乐部，下次一定要去看看，羡慕他每次比赛都可以去实地采访，而我相隔万里，只能在上海的演播室遥望。最后我们交换了邮箱，他欢迎我去伦敦观看比赛。

时间过得真快，四十分钟的游船活动很快结束了，最后球员站在楼梯上排成纵排合影，就像刚下飞机的队形。我也找了个最佳位置 standby，等他们合影结束，我跑上前去说了一句"One more"，于是摄影师按下快门，留下了这张照片。当天我把合影上传到我的微博和 ins 上，有些粉丝留言，如果这艘船遇到暴风雨翻了怎么办？我就开玩笑说，哦，还好我会游泳，我要想想先救哪个呢？

本次游船之旅，我也感觉很轻松，第一次接触球场以外的球员，感觉他们不仅是赛场上的英雄，在现实生活中，他们也是丈夫、父亲，也有着平凡人的喜怒哀乐，这才是一个真实的人。

A 水晶宫全队合影

V 范志毅曾在水晶宫担任队长

- 球员们很放松
- 球星本特克

A 球员在拍摄维多利亚港美景

V 采访本特克

△ 我在接受水晶宫官方电视台采访

和球员们合影

谁是下一个莱斯特城？

2017年7月22日，英超亚洲杯决赛落幕，最终利物浦以2:1逆转击败莱斯特城夺冠，而三四名水晶宫vs西布朗的角逐，水晶宫获胜。虽然是友谊赛，四支球队也都竭尽全力，为球迷们奉献了一场精彩的比赛。英超无弱旅，赛场上没有永远的冠军，所谓的六大豪门也是近两年的说法。这也是英超联赛的精彩程度位于五大联赛之首的原因，因为悬念总是带给人们无穷无尽的猜想。每个球队心中都有一个英超冠军梦，就像以黑马姿态曾经夺冠的莱斯特城一样。而每个球员心中也有一匹黑马，我采访的英超球员，很多都是他们国家队的球员，这些全世界最优秀的球员被选拔到英超，对于他们来说也是漂泊在外、背井离乡很不容易，每个人心中都有个冠军梦。

比赛结束后，我第一时间来到了混采区，背景板上有着四支球队的logo和赞助商标识。已经有其他几家媒体在排队等候了。我准备了几个问题，关于当天的比赛和新赛季展望，但是提前不知道会采访哪几位球员，这也是我第一次现场采访现役球员，之前的利物浦名宿中国行采访只能算是练手。

首先是西布朗的布伦特接受采访,布伦特是北爱尔兰国脚,西布朗也是一家中资收购的球队。继阿斯顿维拉、狼队之后,中国资本再次进入英国足球产业。而云毅国凯也成为了首个控股英超俱乐部的中国企业。对于谁做老板的问题,球员们似乎并不太在意,他们关心的是怎样把球踢好,要对得起出场费。北爱尔兰国脚在西布朗表现稳健,后来看新闻西布朗也和布伦特又续约了三年。因为这场比赛西布朗输了,我有提问布伦特关于裁判的问题:"你如何评价今天香港裁判的表现呢?"布伦特说:"我认为在全场的时间里,他一直能够很好地掌握比赛的节奏。"看来布伦特还是很谦虚地把输球归为自身原因。

水晶宫这边,采访了米利沃杰维奇,他的名字太难读了,是一位塞尔维亚国脚,今年要征战世界杯的。他的眼神很可爱,和维迪奇是老乡,英文口音也差不多。我问他今天的比赛虽然只是友谊赛,但还是对抗很激烈。我把 intensive(激烈)不小心说成 insane(疯狂)了,大概我潜意识里真的觉得今天的比赛可以用疯狂来形容。米利沃杰维奇没听懂,还问了我一句:"What do you mean by insane?"我说,就是比赛进行得很激烈的意思。

我问道:"您对于任意球破门,为球队打入第一球有何感受?"他回答:"我当然很开心,我用一粒漂亮的进球为球队首开记录,我对自己和球队的表现都感到开心,当然这份喜悦也同样来自于球迷们,我要感谢远道而来助威的水晶宫球迷们。最后我们 2:0 取胜,这意味着明天我们可以带着笑容回家了。"我又问他:"觉得香港大球场怎样？"他说："我喜欢这里的球迷氛围，他们很热情，谢谢！"我个人也认为香港大球场比起英超球场除了观众席少一点，硬件设施还是很不错的，环境也是绿树环绕中的幽雅宁静。

最后接受采访的是莱斯特城，我采访的球员是丹尼·辛普森，他曾在曼联不得志，但是在莱斯特城找到了自我。之前辛普森和利物浦名宿卡拉格在社交媒体上的互怼引起了广泛关注，事情的起因是在 2017 年 3 月份，卡拉格在个人社交媒体上发布了一张身着埃弗顿训练服的照片，照片一出便引起了众多利物浦球迷的不满，而辛普森也对卡拉格的做法颇有微词。

辛普森：无意冒犯，但我就没看过加里·内维尔穿过曼城的训练服。

卡拉格反击：你的冒犯比你周一场上的跑动距离还多。

辛普森随后写道：我尊重你的看法，作为一个后卫，我一直都很尊重你和你获得的成就。但是我赢得了英超冠军，而你没有。卡拉格，你有过像这样脖子上戴着联赛冠军奖牌坐在客厅的时候么？

看来，辛普森还是很享受当英超冠军的感觉的，不过最后两人还是互相道歉并握手言和了。

我提问辛普森："瓦尔迪是你们球队中最犀利的武器，你认为他在新赛季有机会成为英超最佳射手吗？"

他回答说："我希望如此，不过如你所见，这只是球队在新赛季前进行的第二场热身赛而已，我们需要做的还有很多，我当然希望瓦尔迪能为莱斯特城取得更多的进球，也希望他能一直留在莱斯特城。我们希望尽快达到比赛的状态，非常期待新赛季的到来。"

"另外，球队的新援伊沃拉在这两场比赛中都替补登场了，你对他的表现怎么看？"

"他是球队的新人之一，他仍然需要时间来与莱斯特城磨合。他的进球能力很强，我想他在新赛季会成为一名更加出色的球员，加油！"

我对莱斯特城的球员，包括拉涅利教练，都是很佩服的。拉涅利教练下课的时候，我特别为他抱不平，觉得他很不容易。我从来都没有称呼过他"补锅匠"，相对于其他豪门教练的昵称"爵爷""狂人""教授"等，我觉得这个外号是对他的不尊重。

莱斯特城的一个显著特点是团队的力量远大于个体的简单相加。拉涅利总是能打造出以激情、个性和斗志为根基的内聚力强大的队伍。莱斯特城这支球队是主教练形象的映射。德林沃特和辛普森是曼联的弃儿；瓦尔迪一度辗转于低级联盟谋生；阿尔布莱顿和胡特曾是走下坡路俱乐部里的失败球员；坎特和马赫雷斯不久前还是法甲的无名小辈。拉涅利把一群寻找希望、渴望重生的球员召集到一起，他和莱斯特城所给予的信心彻底激发了这些球员的潜能，将他们打造成了世界巨星。在这个金元足球席卷英超的时代，莱斯特城向我们证明冠军不一定是花重金买来的，也可以是打造和拼搏出来的。

当家射手瓦尔迪，这位英超励志哥，更是横跨英格兰九级联赛，夺得英超冠军，周薪从 30 英镑到 13 万英镑，翻了四千倍，完成了史诗般的逆转。他的故事已经被好莱坞看中，不久的将来会拍成电影，几大著名男演员都在争夺这个角色。莱斯特城，瓦尔迪，让大家看到凡事皆有可能。

关于瓦尔迪，总是有很多励志评论。有的同学快要参加高考了，他说原本想都不敢想考名校，但看到瓦尔迪拿了冠军，觉得自己为何不试一试呢？瓦尔迪不是那个高高在上的巨星，他就像身边一起踢球一起考试的同学，最后登上了金字塔的顶峰，让所有平凡的人看到了希望。祝愿英超其他球队也能像莱斯特城一样，找到属于自己的冠军之路！

🅐 混采区的各国记者　　🅐 敬业的吉祥物扮演者

∧ 懂球帝植入吉祥物　　∧ 自拍时日本名将冈崎慎司入镜

Ⓐ 莱斯特城门将小舒梅切尔
Ⓐ 莱斯特城曾经的主帅拉涅利
Ⓥ 莱斯特城的励志哥瓦尔迪

∧ 采访水晶宫的米利沃杰维奇

∧ 采访西布朗的布伦特

∨ 采访莱斯特城的辛普森

中英足球交流的缩影

英国是公认的现代足球起源地,而曼彻斯特被称为"足球之城",除了拥有曼联和曼城两支令无数球迷疯狂的英超豪门,不少球迷心中的"圣地"——英国国家足球博物馆也坐落在曼彻斯特。2017 年 9 月 24 日下午,参观完曼城俱乐部,虽然有点累,我还是马不停蹄地赶赴英格兰国家足球博物馆。

入馆免费,不过前台工作人员表示,欢迎捐款,如果捐够 6 镑,就能与奖杯合影并获得介绍手册等。博物馆的主席是博比·查尔顿爵士,他不仅在曼联,而且在英国足球历史上都是泰斗级的人物。

这个博物馆始建于 2001 年,最初一直在普雷斯顿,2012 年才迁址曼彻斯特。资料显示,国家足球博物馆是世界上最大的足球博物馆之一,拥有藏品约十四万件,包括各种关于足球的艺术品、珍贵照片和实物。博物馆一共有七层,能够参观的是一到四层。

一层有英超和足总杯的奖杯合影区、纪念品商店、用餐区、迷你足球场,以及其他一些展区。

进入二楼,首先映入眼帘的是蹴鞠,这个在中国历史课本上都学过,在异国他乡看到祖国元素的事物,感觉很亲切。

说到足球的起源，就不得不提我们的祖先啦。"鞠"最早系外包皮革、内实米糠的球。因而"蹴鞠"就是指古人以脚蹴、蹋、踢皮球的活动，类似今日的足球。据史料记载，早在战国时期中国民间就流行娱乐性的蹴鞠游戏，而从汉代开始又成为练兵之法，宋代时出现了蹴鞠组织与蹴鞠艺人，清代开始流行冰上蹴鞠。因此，可以说蹴鞠是中国古代流传久远、影响较大的一项体育运动。2006 年，蹴鞠已作为非物质文化遗产经国务院批准列入第一批国家级非物质文化遗产名录。

2015 年 10 月，在时任英国首相卡梅伦的陪伴下，习近平主席参观了博物馆。博物馆馆长凯文·穆尔向习主席赠送了英格兰足总于 1863 年制定的最早的足球规则影印件，习主席则回赠了拥有两千两百多年历史的"蹴鞠"用球。而这个蹴鞠的复制图片就挂在博物馆最显眼的地方。

当天，习主席还见证了中国球员孙继海正式入选英格兰足球名人堂，成为第一个进入该名人堂的中国人。这也将成为中英文化交流的历史性时刻。

而第一届世界杯的比赛用球也在展品行列中。1930 年世界杯的决赛用球，乌拉圭队和阿根廷队各持一球，最后决定上半场使用阿根廷足球，下半场使用乌拉圭足球。

二楼往里走，能看到足总杯的诸多图片影像记录，例如历史上的足总杯奖杯样式、历届足总杯决赛比赛场地。足总杯在足球运动历史上的地位无需赘言。它始于 1871 年，是世界上历史最悠久的足球比赛，也是世界上参赛球队最多的足球赛事之一，2016/17赛季参赛球队达到了736支。

当然，这里不光记录了英格兰足球的荣耀，也记录了悲伤的故事，例如布拉福德球场大火、慕尼黑空难等。

在博物馆里，英格兰国家队的历年球衣、历届主教练带队成绩、历届世界杯用球也都是展出对象。

英格兰主教练的角色在这里被定义为"不可能的任务"。因为英格兰国家队主教练总是处于争夺成绩的巨大压力中，他们的执教生涯始于整个国家的支持，终于媒体和球迷的质疑。英国发达的媒体行业以及刻薄的球迷，永远是主教练的一大挑战。英超一些俱乐部的名帅也会谢绝国家队的邀请，谁都不敢轻易接手这个烫手山芋。而我比较熟悉的英格兰国家队主教练是埃里克森，这位瑞典籍名帅在英格兰代表队的表现虽不太受骄傲的英国人欢迎，但在他执教下的英格兰成绩亦可圈可点，后来也曾执教中超上海上港俱乐部。

走进第三层，裁判相关展品占据了不小的区域。从足球历史发展来看，主角往往是明星球员、教练，裁判如果不是因为误判的话，总是容易被人忽略。但细想一下，又觉得这个展区太合理不过，没有裁判谁来记录历史上这么多比赛的结果？况且这里是国家足球博物馆，需要展出足球运动方方面面的史料。

1966年世界杯，是英格兰足球唯一一次世界杯冠军经历，因而相关史料占据了整整一层四楼，包括所有文字、图片、影像记录。

我也走累了，正好坐在放映厅，像看电影一样，重温当年三狮军团的荣耀瞬间。这段影片讲述了英格兰足球历史，由 BBC 足球头牌解说 Gary Linker 主讲。1966 年博比·查尔顿点球绝杀德国队，1998 年欧文一球成名，2002 年世界杯小组赛贝克汉姆被红牌罚下等故事也历历在目。

  整个展馆还有一副油画作品吸引了我的眼球——《坎通纳的基督复活像》。这副作品可以说仁者见仁、智者见智，曼联的球迷视为神作，其他队的球迷或许会嗤之以鼻。这幅画的由来有点意思，来自曼彻斯特的画家布罗尼是曼联死忠，在一幅以著名画家弗兰切斯科的名画《基督复活》为蓝本的油画中，他把坎通纳塑造成了耶稣基督的形象，贝克汉姆、内维尔兄弟、爵爷也都有亮相。

  1995 年 1 月，曼联 1:1 战平水晶宫，这场比赛至今仍被人铭记的原因正是坎通纳。在他被红牌罚下场后，水晶宫队的一名球迷辱骂坎通纳为"法国杂种"，暴怒的坎通纳越过广告牌，横身飞踹了他。曼联和英国足总都对坎通纳实行了禁赛。这个严厉的处罚差点让坎通纳退役。后来，在弗格森的劝说下坎通纳回心转意，又在曼联多踢了两个赛季。因此，坎通纳后来的复出被视为"重生"，为了纪念他的重生，才特意创作了这副油画。据说，坎通纳还裸着上身做了人体模特，在这幅画未完成前，他就买了下来，可见非常满意。

  展馆内还有一些零零碎碎的小东西，比如斯旺西球队的吉祥物，一只拟人化的天鹅，还有贝克汉姆早期做代言的香水等等，也都蛮有意思的。

不过，在这里让我感悟最深的还是咱们中国元素的融入，事实上当前中英关系中，以孔子学院、高校和足球为代表的人文往来，可以说夯实了两国关系的基础。而足球这一世界第一大运动，体现的不仅仅是足球运动本身，更是足球背后的历史、文化、经济和政治，这也是我热爱足球的根本原因！

ⓐ 拥有 2200 多年历史的蹴鞠

∧ 博物馆外的球星地砖大道

∨ 斯旺西的吉祥物天鹅　　∨ 各种足球吉祥物

ⓐ 小贝早期代言的香水　　ⓐ 曾经的足总杯决赛举办地
ⓥ 三狮军团球衣展示　　　ⓥ 名宿签名球衣墙

- "不可能完成的任务"——历届英格兰队主帅
- 英格兰足球最伟大的人物
- 坎通纳的基督复活像

希腊诸神 *vs* 英超诸强

当我对比希腊诸神和英超诸强的时候，竟发现他们有惊人的相似之处。希腊神话中的诸神也如同英超战场上的将士们一样，有着人类的优点缺点、喜怒哀乐。

英雄总是有很多相似之处，当我们讲起他们史诗般的经历，仍旧热血沸腾，就好像看了一部英雄主义电影。我们期待 happy ending，圆满结局，我们期待每一位英超将士在迟暮之年都能够硕果累累。但英超战场上也有很多悲情英雄，我们往往猜得到开头，猜不到结局。

在希腊神话里有一种古老的美学形式叫悲剧。悲剧的定义就是把一切美好的东西毁灭给人看。拥有美好肉体、超高颜值的阿喀琉斯，最后还是被射中后脚跟，死在了特洛伊城里。悲剧的力量就在于此于最辉煌美好处剧情急转直下、戛然而止，只留给人无尽的遗憾与感慨。而回顾英超战场上的悲情英雄，谁又是英超的阿喀琉斯呢？

我想我喜欢的并不一定是英雄们热血战斗的场面，更多的是因为，他们实现了我们自己想要却没有勇气体验的那一种人生。我常说英超的某位自命"特殊"的主帅，激发了我的隐藏个性，因为在我内心深处也渴望是特殊的一个。

　　英超的将士们并不完美，但我们依然爱他们，那种痛彻心扉的热爱，就好像罗曼·罗兰说的："世界上只有一种真正的英雄主义，就是认清了生活的真相之后还依然热爱它。"于是就让我们开始英超希腊神话的第一位吧。

被缚的普罗米修斯
——最后的传教士温格

在这部英超希腊神话中,有着诸多人物,就让我从人类的起源开始说起吧。人类是泰坦神普罗米修斯创造的。他也充当了人类的老师,凡是对人有用的,能够使人类满意和幸福的,他都教给了人类。同样的,人们也用爱和忠诚来感谢他,报答他。宙斯曾在普罗米修斯的帮助之下推翻了他父亲,但普罗米修斯偷到了火种并带给了人类。宙斯为这件事很恼怒,他把普罗米修斯绑在高加索悬崖上,每天派一只鹰啄食他的肝脏,晚上又使肝脏长好,使他不断遭受难熬的痛苦。马克思也称普罗米修斯为"哲学的日历中最高尚的圣者和殉道者"。

而纵观英超战场,二十年一座红白之城,有一个孤独的老人,如普罗米修斯一般坚守着,他熬白了双鬓,温柔了岁月。往阿森纳的教练席望去,一切仿佛与二十年前某一天的平常午后,并没有什么区别。就像《夏洛特烦恼》里那样,当老人某天午后初醒,是否会恍如回到二十年前?而如今这位老人还在那座城,他的背影孤独倾诉着那如风般的往事,那一幕幕的沧海桑田。在如今纷繁复杂的足球环境中,如此的忠诚与信仰变得尤为可贵,如普罗米修斯的苦行僧之路一样，为了坚持信仰他早已做好了受虐的准备。希腊神话里无论人或神，都有着人类的缺点，唯独普罗米修斯是完美的，请允许我将这一完美的形象定义为—— 阿尔塞纳·温格。

在谈到之所以能作为一名主教练而如此"长寿"的秘诀之前，他开玩笑说："我在自虐方面可是个专家！""主教练的工作很苛刻，为此，你不得不牺牲自己的生活，除了足球，你的生活中不会再发生别的什么事情。作为一个主教练，基本上你得挑起90%的担子，换来剩下的10%的满足感，你还必须为此倾尽生活中的一切，必须时刻准备着。""我总是会对想要从事教练工作的年轻人说：'你准备好牺牲你的生活了吗？'主教练就像一个传教士——必须为足球做出牺牲的传教士。"

普罗米修斯一生为人类鞠躬尽瘁、死而后已，温格亦是同样，不惧怕失败，永不退缩，他对工作的热情战胜了一切，对阿森纳的忠诚几乎超过了所有人。对作为英格兰传统三大豪门之一的阿森纳来说，阿森纳这二十年的发展，烙上了温格深深的印记。

1996年，视美丽足球如命的温格来到海布里，他将荷兰全攻全守的足球哲学和永不言弃的英式球风无缝对接，将美丽足球的理念注入了球队的灵魂，此后的阿森纳以如水银倾泻般的进攻和极具创造力与表现力的球风，席卷了整个英格兰。

在希腊神话中，人类是普罗米修斯创造的，他唤醒了埋藏于泥土之中的人类生命的种子。他是一个善于创造发明的神。他想到了从各种动物身上摄取善的或恶的特性，然后把这些特性揉合在一起，往每一个人的胸膛里注入属于他的那一部分。

从某种意义上说，温格也正是这样一个创造者。他上任后逐步购入了博格坎普、佩蒂特、奥维马斯和亨利，这些能够踢美丽足球的球员，让枪手的进攻从后卫线上开始，一直燃烧到前锋线，华丽变成融入枪手血液的品牌。从1996年到2018年，温格在阿森纳的执教生涯已达二十二年。媒体、球迷、同侪对温格致以无上敬意，赞他无比忠诚者有之，赞他功勋卓著者有之，赞他为人耿介者有之，似乎现在不是21世纪，而是维多利亚时代——那个优雅、绅士、崇尚传统道德的时代。

普罗米修斯博学多才，把科学、艺术医术、占卜等都传授给人类，使他们有了技术、知识和智慧，能战胜一切困难和危险，享受文明与幸福的生活。温格这个风度翩翩尽显儒雅的法国人，身具斯特拉斯堡大学经济学学位，以及赫特福德堡大学荣誉博士背景，精通运动心理学并掌握六门语言。于是，媒体开始对他冠以"教授"的雅称。他给阿森纳球员带来了更加健康的球员饮食，以及更为科学的训练方法，他的种种举措启蒙了英格兰足球的现代化潮流。

普罗米修斯和宙斯之间的周旋抗衡也是痛苦且漫长的，就如同温格教授和弗格森爵士一样。1997/98赛季，也是温格执教的第一个完整赛季。阿森纳时隔三十年后再度斩获联赛与足总杯的双冠王，也正是那时教授的阿森纳开启了与弗格森的曼联分庭抗礼的时代。这其中有着既生瑜何生亮的无奈，也诞生了多少精彩留待后人评说。2001/02赛季的老特拉福德球场，维尔托德的一脚定乾坤帮助阿森纳在死敌的主场锁定英超冠军。2003/04赛季，教授麾下不可阻挡的阿森纳，以26胜12平的不败战绩再夺英超桂冠。而最终他们将不败的场次定格在了四十九场，那是最好的阿森纳，也是最好的教授。

而最可恨的是，宙斯为了报复普罗米修斯创造的人类，制造并诱使潘多拉打开了灾难的盒子，里面包含了瘟疫、忧伤、灾祸等等。随着2007年亨利远走伊比利亚半岛，阿森纳的潘多拉盒子也被打开了，球队陷入了年年卖队长的怪圈。彼时金元足球时代初现，球队在联赛中年年争四，欧冠淘汰赛一轮游，思乡心切的法布雷加斯回到了巴塞罗那，盼求高薪的阿德巴约和纳斯里转投曼城，心灰意冷的范佩西则投靠了敌人弗格森。

普罗米修斯也被带到高加索山，用一条永远也挣不断的铁链把他缚在一个陡峭的悬崖上，忍受着饥饿、风吹和日晒。他坚定地面对苦难，从不丧失勇气，坚持守护着人类。教授也正是如此，依旧坚守在阿森纳的教练席旁，任凭岁月赋予满头白发，时光带来无尽沧桑。

只要阿森纳没有夺得联赛杯赛冠军，所有高唱赞歌者都会撕下面具，质问温格为何再次无冠，质问俱乐部为何不解雇教授。就像宙斯的门徒，齐声谴责普罗米修斯。他们将无冠的矛头指向温格，说他太保守、太落伍、太吝啬。他们会后知后觉般说教："2017年的英超已经不是2007年的英超，教授你已经老了，跟不上时代潮流。"可是，温格的苦心孤诣又有谁知？在土豪挥洒金元扩军、碾轧价值规律的时代，只有他坚守着几十年前在斯特拉斯堡大学接受过的经济学原理熏陶，因为这才是经得起时间考验的经营至理。在切尔西、曼城们用金钱砸冠军的时代，他坚守着控制转会预算、买对不买贵、培养年轻才俊并举的建队理念。当所有的豪门将银子花在巨资引援、高薪续约的时代，只有他（和大卫·戴恩）不惜借贷也要修建起美轮美奂的酋长球场。

但部分球迷是现实的，一年都嫌太长，他们功利地只争朝夕，浑然忘记了四十九场不败带来的无限快乐。在这种世态炎凉的足球生态之下，温格心中的苦闷、无助与悲怆，又有谁知？霜染的不只有他的双鬓，还有他的内心。但温格仍在阿森纳坚守，在这期间他从未停歇，甚至没为自己放过一次长假。而且期间拒绝了无数邀约，包括拒绝了执教法国国家队以及三狮军团的机会。因为他始终放不下阿森纳，就像普罗米修斯心里始终装着人类。

最后，赫拉克勒斯使普罗米修斯与宙斯恢复了他们的友谊，找到了金苹果，杀死了老鹰，解救了朋友。弗格森和温格两人斗了一辈子，如今弗格森已看淡恩怨退出江湖，而温格成了孤守英超上一世代荣光的最后一人。当红魔也开始挥舞着钞票大肆购买巨星后，只剩下那位最后的英超教父还在坚持着自己的理想。

温格教授曾说道："我总是将关注放在未来，慢慢你会忘记你在一个地方待了多久，你年纪多大了，只是因为你想将眼前的事情做到最好。虽然你告诉我已经在阿森纳待了二十年了，但对我来说只是弹指一挥间。"

可以说,自打被戴恩从日本请来,温格凭借手里有限的资源,和强敌抗衡,精打细算持家,养精蓄锐,虽然数度出山剑指欧冠未尝如愿,也算是对俱乐部鞠躬尽瘁。展望阿森纳的未来,保持第一梯队尚可,争冠却困难重重,希望温格可以带领枪手再创荣耀,令此生不留遗憾。

宙斯的呼风唤雨
——弗格森的一代王朝

说到宙斯,即使不看希腊神话的人也不会陌生,宙斯是古希腊神话中的第三代众神之王,他是伟大和权力的象征,也是整个宇宙中的最高统治者,关于他的神话故事更是数不胜数。宙斯长大后向父亲争权,用计策使父亲将吞下去的儿女全部吐了出来,并率领兄弟姐妹发动战争,最终打败了父亲。

纵观英超战场,有这样一个人,像宙斯一样,拥有至高无上的权力和地位,由于他的权势太大,不仅英超的同行们心知肚明,就连裁判、英足总,也对其心存敬畏。而老特拉福德球场,这座人称梦剧场的地方,就是他的天庭,凡是到此做客者,都无形中畏惧这座魔鬼主场。这个人甚至像宙斯一样,是规则的制定者,拥有看似霸道的"特权",在规则严厉的英超,享有所谓的"弗格森时间"。这个人就是执教红魔曼联二十七年之久的爵爷——弗格森。

宙斯是古希腊神话中的"众神之神",在取得了泰坦战争的伟大胜利之后,按照抓阄的结果,宙斯分到了天空,成为天神。古希腊人认为宙斯无所不能、无所不知。作为天气之神,他的武器是雷霆与闪电。他的圣物是鹰和栎树。他是正义与慈悲之神，惩治邪恶、保护弱者。他有很多子女，包括阿波罗等。

弗格森就像宙斯一样，也是一位帝王级别的领袖，他强调唯才是举，发掘人才同样别具慧眼，一手培养出来的92一代不用多说，还有两代曼联传奇队长坎通纳和基恩，赛季进19球的带刀后卫布鲁斯，定位球专家埃尔文，两代门神舒梅切尔和范德萨，超级替补杀手索尔斯克亚，以及后方定海神针维迪奇。不得不提的还有C罗，虽然当时引进他用了1200多万英镑，超过了以上所有前辈的身价，他也为弗格森带来了英超三连冠、欧冠冠军以及8000万英镑的转会费。

传说宙斯发起脾气来天空会翻云覆雨，因为在他的手里除了有无坚不摧的投枪外，还有一面能化险为夷的无敌盾牌，一旦挥动它，就会产生剧烈的风暴，一旦把它放上天空，天空就变得阴暗，一旦拿起它，天空就变得晴朗。

弗格森同样也以严格著称，发起脾气来像"吹风机"一样训斥球员，队员们从来不敢越雷池半步。在弗格森执教期间，几乎所有犯下天条的球员都会被扫地出门，无论是天才李夏普，还是荷兰铁卫斯塔姆，乃至功勋队长基恩，甚至一手培养出来的贝克汉姆都不例外。也许弗格森有时过于严厉，但却能保证曼联始终是一支纪律严明、团结一致的球队，为不断取胜夺冠打下坚实的基础。

宙斯经常变幻莫测，从不拘泥形式，而弗格森同样也是一位战术大师，他从英伦经典的 442+ 两翼齐飞起家，不断吸取欧洲大陆先进打法，向意甲学习区域结合盯人防守，向德甲学习战术纪律和高速攻防保持阵型，向西甲学习高位防守和技术优势下的团队足球，再根据对手情况以及曼联的人员配置，阵型不断更新换代，从 433 到 4231，从 460 无锋阵到 4321 圣诞树，让对手防不胜防。

2010/11 赛季足总杯四分之一决赛，曼联遭遇宿敌阿森纳，为了保留实力出战随后的欧冠，弗格森派七个后卫首发，而温格则遣上全部主力，正当所有人都以为牌面实力更占优势的阿森纳将轻松取胜时，顶住枪手狂攻的曼联却依靠两大奇兵拉斐尔和法比奥兄弟的出色发挥，以 2:0 完胜枪手。尽管其中有运气成分，但敢如此放手一搏并且取得成功，也足以证明弗格森的魄力和底气。

如同宙斯在希腊神话中有着至高无上的权力一样，弗格森率领曼联称霸英超期间，有关这名苏格兰名帅利用自己的影响力左右裁判判罚，干涉英足总的传闻一直不断，甚至还因此诞生了"弗格森时间"这个特有名词，即专指曼联落后时无端延长的补时时间。而包括韦伯等英超名哨，也被冠上了"曼联御用裁判"的头衔。但那些固执的人总是无视弗格森也多次因为批评裁判而被罚款禁赛，至于所谓的弗格森时间，同样也给了曼联对手们再进一球的机会。

古希腊男女众神推举宙斯为首领，同意与他共同生活在奥林匹斯山上。这些神后来被称为奥林匹斯诸神，宙斯也成为诸神之王。奥林匹斯诸神除了宙斯自己，共有十一位，正好一支足球队的人数。

宙斯也是一位管理大师，需要协调这十一个人的关系，希腊神话很多故事都和宙斯还有这十一个人有关。

对于弗格森来说，二十七年的执教生涯，他的十一人不知道换过多少轮，但是无论摸到的牌是好是坏，弗格森总能打出一手漂亮的好牌。从历史上看，曼联确实有过一些球员被认为是不可替代的，但他们走后，球队成绩并未受到长久的震荡和影响，弗格森很快就有了解决方案。

前曼联中场布赖恩·罗布森退休时，舆论普遍认为红魔再也找不到英格兰硬汉的替代者。但弗格森给出了自己的答案，1993年曼联从诺丁汉森林引进了罗伊·基恩，整个上世纪90年代，红魔王朝有了自己的枢纽，基恩也被认为是比罗布森更出色的曼联中前卫。

曼联初登英超王座之际，右翼飞翔着乌克兰人坎切尔斯基，弗格森甚至将他列为自己最划算引进的四个人之一。不过1996年，坎切尔斯基闹着要加薪，惹恼了弗格森并遭到清洗，曼联右翼出现空缺。弗格森很快就找到了替身，那就是年轻的贝克汉姆。小贝刚出道时在曼联穿24号球衣，踢右后卫。后来弗格森将他提到右翼，结果造就了左长剑（吉格斯）、右弯刀（贝克汉姆）的经典双翼，而坎切尔斯基也逐渐被人淡忘了。

坎通纳在曼联被视为"国王"，当他宣布退役时，很难想象谁能接替他的地位。不过弗格森再一次拿出了预案，前一年引进的安迪·科尔和随后到队的约克组成著名的"黑风双煞"，并辅以索尔斯克亚、谢林汉姆的超级替补组合，曼联不但成功度过了后坎通纳时期，还登上了1999三冠王的更高巅峰。

进入21世纪，弗格森的巨星替代行动仍在继续。2003年他把贝克汉姆卖给皇马，同年夏天引进C罗，曼联新7号很快成长起来，曼联的成绩虽在2003年后陷入两年低谷，但很快又回到了巅峰。

就像宙斯称霸希腊神话，而弗格森也称霸英超战场。凭借给曼联留下的三十八个冠军，弗格森被誉为英格兰乃至世界足坛最伟大的主教练之一。而如今这位叱咤风云的宙斯虽然已经退休，但他还时不时回到曾经的天庭——老特拉福德，看看新进的天神球员们。偶尔还发表一下他对普罗米修斯——曾经和他势不两立如今化敌为友的阿森纳主教练温格的支持。虽然弗格森已退出江湖，但江湖里还流传着他的传说。光是那十三个英超冠军足以让后辈们膜拜一生。

赫拉克勒斯的功绩
——穆里尼奥的使命

赫拉克勒斯是古希腊神话中最伟大的英雄之一,是宙斯之子。他是力量、勇气和智慧的化身,完成了十二项被誉为"不可能完成"的任务,还解救了被缚的普罗米修斯。如今,赫拉克勒斯一词已经成为了大力士的同义词。

在英超两强争霸时期,同样有这样一位主帅,他横空出世,打破曼联和阿森纳的双强格局,如同赫拉克勒斯一样,从不在一个地方停留,有着一颗不安分的心。而最为相似的是,他也完成了很多"不可能完成"的任务,这位绝世狂人,同样身披无数荣誉,他桀骜不驯、口出狂言的性格迅速在全球范围内吸粉无数,他就是自恃"I am the special one(特殊的一个)"的穆里尼奥。

在希腊神话里,赫拉克勒斯在完成十二项伟业的过程中,几乎与所有的怪兽都交过手。而回顾穆帅完成的那些"Mission Impossible",也如一部史诗般的巨著。

我们就从波尔图开始说起吧,那个赛季,没有人会指望波尔图能赢得欧冠,球队阵中拥有欧冠经历的球员屈指可数,而且孱弱的财政实力更是不被人看好。然而,尽管困难重重,但穆里尼奥的球队还是在拥有皇马、马赛以及贝尔格莱德游击等球队的死亡之组中成功突围。他们在伯纳乌不可思议地逼平了拥有卡西利亚斯、齐达内、劳尔、罗纳尔多以及贝克汉姆的皇马。在穆里尼奥的带领下,越战越勇的波尔图成功地闯入了欧冠淘汰赛。最后的决赛,穆里尼奥迎来了命运中的关键时刻,书写了现代足球最令人难忘的史诗。第九十一分钟,麦卡锡主罚任意球,而曼联门将霍华德扑球脱手,科斯蒂尼亚随即将球踢进了曼联大门。曼联球迷陷入了死寂之中,弗格森不敢相信自己的眼睛。穆里尼奥在老特拉福德球场上狂奔庆祝。那时全世界都在讨论这个穆里尼奥是哪里冒出来的,他挑战世界足球的旧秩序,好比赫拉克勒斯挑战宙斯的天庭。

夺得欧冠冠军后,穆里尼奥的野心才刚刚开始,他马上登陆英格兰,打破曼联和阿森纳多年的垄断,帮助切尔西夺得英超两连冠,还包括最高积分、最少失球等多个记录。2008年,穆帅转战意大利,第二个赛季就率领国米获得意大利历史上第一个三冠王。2010年,功成身退的穆里尼奥重返西班牙,并在第二个赛季就率领皇马击败如日中天的巴萨,夺得银河战舰近八年来唯一一个西甲联赛冠军。

穆里尼奥一向以防守反击战术出名,面对进攻犀利的对手,他的大巴战术,屡建奇功。在这些年的征战历程中,穆里尼奥可以说和五大联赛顶级强队几乎都交过手,这些强队的实力绝不逊色于希腊神话的猛兽。

穆帅有着一颗横扫欧罗巴的野心，也彻底暴露了他桀骜不驯的性格。他放出豪言："上帝第一，我第二，我是特殊的一个。"面对蓝军球员，他的开场白更是直率："你们什么都不是，而我是欧洲冠军。"连对自己的老板阿布，穆帅也不改狂人本色，为了不让老板干涉球队战术，他竟对媒体直言："如果阿布经常在训练场帮我出主意，我们肯定是垫底的一个。"当阿布提出购买齐达内、小贝等巨星时，穆帅对自己的老板表示："在蓝桥你只需要一个巨星，那个人便是我。"这样的能力和性格已经让穆帅在球迷眼中变成了神话。

神或人在成功的道路上，除了勇敢，还要有智慧，甚至手段。赫拉克勒斯的其中一项任务是清扫奥格阿斯的牛棚，三千头牛的粪便堆积如山，一天之内清除干净几乎是不可能的。但赫拉克勒斯在牛棚的一边挖了一条沟，把河水引进来，流经牛棚，把里面大堆牛粪冲刷干净。结果，他连手都没有弄脏，就完成了任务。

在面对难题时，穆帅也会想出一些匪夷所思的点子。如2006年，当切尔西在欧冠遇上巴萨，为了破坏对手流畅的地面进攻，穆里尼奥竟下令往球场里面铺沙子。

更为相似的是，很少有人能在自己年少的时候，就对这一生做出正确的选择，而这两位都做到了。赫拉克勒斯在年轻时曾遇到享乐女神和美德女神。享乐女神诱惑他走舒适的生活道路，答应给他一切肉体之乐；美德女神则教诲他不畏艰难险阻，为人类造福除害，许诺给他永存。最后，赫拉克勒斯选择了后者。

穆里尼奥从小就立志当一个伟大的主教练，14岁时就为当球队主教练的父亲提供对手情报和建议，27岁时就提前退役担当助教。他很清楚自己的选择，他说："我是一个聪明的人，我也知道如果作为球员，我不会跻身更高层次，我的水准顶多只能踢至第二级别联赛。"于是他毅然决然地选择做教练这条路，从1992年到2000年，穆里尼奥先后出任两大名帅罗布森和范加尔的翻译，乘机学习了大量足球知识和战术理念，为日后成功执教打下了坚实的基础。

而在十二项不可能完成的任务里，赫拉克勒斯最重要的使命是解救被缚的普罗米修斯。那么对于穆帅来说，最重要的使命是什么呢？当弗格森退役后，曼联帝国一直摇摇欲坠，如今一度失望的曼联球迷终于盼来了穆里尼奥。试问，赫拉克勒斯是否能成为宙斯的接班人？这名充满争议的葡萄牙狂人，能够率领红魔重返巅峰，成为曼联的新一代教父吗？全世界都在屏息等待，等待时间给予我们最终的答案。有多少人爱他，就有多少人恨他，而他就是穆里尼奥。赫拉克勒斯死后升入奥林匹斯圣山，成为大力神，也希望穆帅能够功成名就，永载足坛！

皮格马利翁效应
——瓜迪奥拉的执着

皮格马利翁是希腊神话中的塞浦路斯国王,善雕刻,以执着于自己的理想著称。他不喜欢塞浦路斯的凡间女子,决定永不结婚。他用神奇的技艺雕刻了一座美丽的象牙少女像,在夜以继日的工作中,皮格马利翁把全部的精力、热情、爱恋都赋予了这座雕像。他像对待自己的妻子那样抚爱她,装扮她,为她起名加拉泰亚,并向神乞求让她成为自己的妻子。最终爱神阿芙洛狄忒被他打动,赐予了这座雕像生命。

而在英超战场也有这样一位执着的主教练,他是足坛少有的战术革新者,同时对自己的理想非常执着,从某种意义上讲,他对控球率的追求甚至达到了偏执地步。当他想要去执行某种战术时,任何事情在他眼中都不是阻碍。没有能执行这种战术的球员就不惜代价去买来。之前的球员不管多大牌,只要不符合自己的要求,分分钟会被青年队小将取代。至于球队的传统、原有的技战术打法、球迷和董事会的反响就更加不在他的考虑范围内,他就是2017/18赛季带领曼城所向披靡的瓜迪奥拉。

皮格马利翁的故事后来被人们称作"皮格马利翁效应",它告诉我们只要充满自信地期待，只要真的相信事情会顺利进行，事情一定会顺利进行。相反，如果你相信事情不断地受到阻力，这些阻力就会产生。成功的人都会培养出充满自信的态度，相信好的事情一定会发生，这种称为积极期望的态度是赢家的态度。

而瓜帅正是有着这样一种赢家态度，作为巴萨梦三主帅，19岁的瓜迪奥拉就为巴萨上演处子秀，当时的巴萨主帅正是克鲁伊夫。谁也想不到，当时那个稚气未脱的少年，日后会率领他的母队，取得比克鲁伊夫更大的成就。早在球员时代，喜欢在场上指挥队友跑位的瓜迪奥拉，就已经显示了日后成为一名伟大主帅的潜质。如果说，球员时代的瓜迪奥拉，是克鲁伊夫梦一全攻全守足球的坚定执行者，那么，退役后的瓜迪奥拉则进一步将这名荷兰名宿的足球哲学发扬光大。

当巴萨陷入困境，前主教练下课后，2008年5月当时执教巴萨二队的瓜迪奥拉，担任了巴萨一队主帅。不少人都以为，一线队执教经验几乎为零的瓜迪奥拉，只不过是过度教练，但最终这名"菜鸟"却在处子赛季取得了空前成就。2008/09赛季，被视为菜鸟教练的瓜迪奥拉一鸣惊人，他将巴萨的传控足球发挥到极致，先后率领红蓝军团夺得西班牙国王杯、西甲、欧冠、西班牙超级杯、欧洲超级杯、世俱杯，成就了前无古人、后无来者的六冠王伟业。在随后的两个赛季，瓜氏的巴萨再接再厉，夺得了西甲三连冠，并在2011年5月再次击败曼联，捧起俱乐部历史上的第四座欧冠奖杯。在2011/12赛季结束时，瓜迪奥拉执教巴萨四个赛季，

247场比赛取得179胜47平21负，胜率达到惊人的72.47%，夺得包括三个西甲、两个欧冠在内的十四个大大小小的冠军。

而瓜帅和皮格马利翁一样，也坚信自己会成功。记得瓜迪奥拉刚到曼城时，前绿洲乐队词曲作者、曼城死忠诺尔·加拉格对其进行了专访，关于为什么来曼城，瓜帅说道："他们告诉我英超很难，难度极高，也有人说，我的这一套在英超行不通，所以我来了，为了证明自己。这就是我来这里的原因。"2017/18赛季，曼城目前为止出色的表现，不出意料地显示它会成为这个赛季铁定的冠军。兴许这是瓜帅对恩师克鲁伊夫在天之灵最好的告慰，他坚持其所信奉的足球哲学，证明了自己。

在神话中皮格马利翁用乳白色的大理石雕刻了一个他理想中的美女，那么现实生活中，瓜帅又用自己独特的战术体系精雕细琢出哪一尊赋予生命的雕塑呢？

他的第一件作品，可以说是前无古人的梅西。瓜帅在诺坎普用四年的时间将加泰的哲学打磨臻至，制造出了一位几乎无人能挡的球王，不费吹灰之力就掀翻了所有的对手。而那四年也是西班牙统治国际足球的四年，这也许不是巧合。

但瓜帅离开诺坎普来到伊蒂哈德，他又打磨了一尊雕塑作品，这个人就是目前世界级中场——德布劳内，我们习惯叫他丁丁的那个人。

瓜帅对他的评价是："德布劳内是独一无二的，他很优秀，无球时，他总是会第一个冲上去压迫对手，而在有球权时，德布劳内可以洞察场上的一切,他每次都会做出正确的决定,这让他高出了其他球员一个水准。德布劳内是最好的球员之一。梅西是足坛的最佳,但是在梅西旁边的就是德布劳内,德布劳内就坐在那个位置。"瓜帅总是津津乐道地提到自己这两件完美的作品。

瓜迪奥拉接管曼城之后,立刻就在战术上进行了很大的改变。曼城的阵型换成了4141,德布劳内从前腰位置后撤到了更深的中场位置。当对方控制球权展开进攻时,他会协助本方后腰进行防守,当他们赢回球权时,他也能起到串联球队进攻的跳板作用。很明显,瓜迪奥拉给了德布劳内很大的战术自由性,并且他希望能全方面地培养这名球员。

瓜迪奥拉不光在战术安排上改变了德布劳内,他也让丁丁意识到了自己的足球哲学——团队表现比个人荣誉更重要。在一次采访中,当记者问德布劳内对于自己现在进球数和助攻数比率的改变有何想法时,他回答道:"虽然上赛季我的进球数更多,个人荣誉方面更加突出一些,但我认为我本赛季所做的事情比之前更加具有集体精神。"

2017/18赛季以来,在瓜帅带领下的曼城,势如破竹无人能挡,但自从被热刺破解之后,其他球队就发现了曼城的阿喀琉斯之踵。压迫布拉沃和持球的中后卫,他们就会试图互相传球,而非一脚将球开出危险区域。但是瓜帅的战术不会改变,至少不是现在。

现实生活中没有阿芙洛狄忒这样的神赋予雕塑生命,瓜帅就是自己的神。希望在遥远的未来的某一天,当何塞普·瓜迪奥拉最终放下教鞭，他也许会成为有史以来最伟大的教练。然而，我们希望，他对于完美的不懈追求不会阻碍到通向伟大的道路。他的粉丝们也坚信，即使在高举打球风凶悍的英超，瓜氏的传控战术，仍然能够取得最后的成功，但过程注定不会一帆风顺。

阿喀琉斯之踵
——坎通纳的软肋

在英语中有一个著名的谚语叫"Achilles' heel(阿喀琉斯之踵)",来自于希腊神话。看过电影《特洛伊》的观众,对布拉德·皮特饰演的阿喀琉斯一定过目不忘,他高大威猛,刀枪不入,尽显男人本色,他曾作为希腊联军第一勇士,带领将士们参加特洛伊战争。

阿喀琉斯是英雄珀琉斯和海洋女神忒提斯之子,其父也是希腊神话中的英雄。特洛伊爆发战争之前,母亲忒提斯曾经听过一个关于他儿子的预言:阿喀琉斯将名垂青史,但注定活不到老,年纪轻轻就会死在战场上。为了让儿子炼成不死之身,母亲在他刚出生时就将其倒提着浸进冥河。遗憾的是,河水湍急,母亲怕儿子被水冲走,于是被捏住的脚后跟露在外面,全身留下了惟一一处"死穴"。于是后人常以"阿喀琉斯之踵"譬喻这样一个道理:即使是再强大的英雄,他也有致命的死穴或软肋。

而纵观英超战场,也有这样一位如阿喀琉斯的勇士,他身高 186 厘米,体重 81 公斤,体型强壮,在赛场上刀枪不入,极具领袖气质,尤其是进球以后环顾四周的动作,可以让沸腾喧嚣的赛场即刻安静下来。他的这一动作被称为"君临天下"。效力红魔期间，他帮助球队在五年内拿到四个联赛冠军，是曼联开启英超王朝的重要功臣。但他的致命死穴也让他的足球职业生涯提前凋零。

坎通纳的队友曾经评价他说："他身高六英尺二，但有了不起的平衡，他很强壮，却又技术出众，才华横溢。你只有用一个词来描述他，与众不同。我们参加活动都得穿西装，但他可以穿人字拖、牛仔裤和我说不出名字的上衣出现。我向主教练举报，主教练却对我说：'告诉其他人，如果他们能踢出埃里克的水平，明年想穿什么来都行。'"BBC也曾评论："1966年对于英国足球来说是最为重要的一个，因为英格兰队获得了那年的世界冠军吗？不，因为那一年埃里克·坎通纳出生了！"

1966年5月24日，坎通纳出生在法国马赛的小村子里，从少年时起，他就在父亲的教导下开始学习最基本的足球技巧，其父也曾经在当地的足球队里担任了多年的守门员。如同阿喀琉斯传承了父亲的英雄血统一样，坎通纳也继承了父亲的足球基因。

年幼的坎通纳被足球的魅力迷惑住了，开始日以继夜地练习，与他的两个兄弟进行实战演练。甚至晚上在卧室里，这三个孩子都会把弄皱的报纸当球踢，把床当作球门。坎通纳的领袖气质与生俱来，在家时连哥哥杰尔都要让他三分。

在英超战场上，坎通纳也如同阿喀琉斯一般英勇，几乎百发百中。回顾坎通纳的战绩，在1991/92赛季，他成为了曼联传奇7号球衣的主人，同时也成为了曼联俱乐部历史上首位非英籍队长。

在曼联总计出场 178 次，攻入 80 粒进球，其中有 28 粒进球起到了决定比赛结果或者联赛走势的作用。他帮助球队重夺阔别 26 年之久的联赛冠军，并且在五年之内四次夺得英超冠军，两次获得足总杯冠军。而在 1996 年足总杯决赛中，打入利物浦的这记关键进球，则被许多球迷认为是他足球生涯中的最佳进球。2000 年，他被评为曼联世纪最佳球员，人们所熟知的 92 班球员如小贝、吉格斯等人几乎都得到了坎通纳的提携。而后来成为曼联队长的基恩则在自传中写道，做领袖不一定要说很多，埃里克就十分安静，但他总是以行动来激励队友。

最终，阿喀琉斯之踵的秘密被敌人发现了，敌人使用毒箭击中他的后脚跟，一代英雄便因此殉身沙场。对于坎通纳来说，他的致命伤就是从小养成的火爆脾气，他的职业生涯也因为这一软肋而受到极大影响，让他的足球职业生涯提前凋零。

人们不会忘记那场曼联对阵水晶宫的比赛，坎通纳被红牌罚下，水晶宫球迷跑到场边骂坎通纳"法国杂种"。坎通纳控制不住情绪，跳上看台朝对方飞踹，看呆了现场的所有人。就是这一脚飞踹，为他招致长达八个月的停赛，以及两周的监禁。对于一个职业球员来说，每场比赛都是宝贵的出场机会，八个月的禁赛简直可以让球员心理崩溃。或许正是因为坎通纳的禁赛，曼联在当赛季的联赛中以 1 分之差屈居亚军。1997 年，31 岁的坎通纳突然宣布退役，在巅峰状态结束了自己的职业生涯，实在是令人留恋惋惜。

《卫报》评论:"除了曼联,别的俱乐部不能慧眼识珠,也无法驾驭这位全能的天才。坎通纳究竟有多神奇,看看他五年英超的数据就知道了,在这期间,曼联获得了四次联赛冠军、一个联赛亚军,还有两个足总杯冠军。而那个从指缝中溜走的联赛冠军,也是因为坎通纳飞踹球迷遭到禁赛所致。"

更为遗憾的是,这位天才在国家队却被认为"妄自尊大"。他曾在一场比赛之后将球衣扔到国家队教练亨利·米歇尔的脸上,并痛骂对方"你是世界上最无能的教练"。另外,世界杯未能出线之后,坎通纳骂米歇尔是"一坨屎",结果米歇尔一怒之下将坎通纳开除出国家队。

当然,即使有软肋,在曼联球迷心中坎通纳还是那个"君临天下"的国王,他竖起衣领、霸气外露的庆祝动作,永远留在了红魔球迷的心中。当国王举起前进的旗帜,他总是身先士卒冲锋在前,并号召身后的骑士们紧跟其后。坎通纳就是那个在英超战场上扛起球队大旗的人,他像特洛伊战场上的勇士一样,将永远被人们铭记。

奥德修斯的特洛伊木马
——杰拉德的伊斯坦布尔

奥德修斯是特洛伊战争中杰出的希腊战士之一，是荷马史诗中的英雄人物，也是《奥德赛》中的主人公。希腊联军围攻特洛伊十年不破，奥德修斯献上了"木马计"，最后取得了战争的胜利。

而在英超赛场上，也有这样一位忠贞不移、永不放弃的领袖，他曾在伊斯坦布尔创造了奇迹。他出生在一个红军世家，9岁就加入利物浦青训营，18岁第一次为一线队出场。他是Kop看台永远歌颂的队魂，是十七年来忠贞不二的战士，是利物浦当之无愧的队长——杰拉德。

奥德修斯是一个坚贞不渝的人。在特洛伊战争结束后，他不顾海神波塞冬的咒语启航回家，在海上漂泊了十年，一路上历尽劫难和诱惑。正如杰拉德拒绝了各种诱惑，一直效力利物浦，哪怕红军多年无冠，也不肯另攀高枝。

早在1994年，杰拉德14岁时，打造曼联帝国初成的弗格森，就看中了在曼联试训过两次的杰拉德，还邀请小杰拉德共进晚餐，随后又多次邀请他加盟。但在利物浦土生土长的杰拉德，又怎么会加盟死敌曼联？长大成名后，杰拉德更是率领利物浦多次击败曼联，让弗格森恨得咬牙切齿。

作为杰拉德最崇敬的对手，穆里尼奥也曾三次拉拢他，可惜都没成功。穆里尼奥曾说："我曾试着把他带到切尔西，我曾试着把他带到国际米兰，我曾试着把他带到皇家马德里，可是他总是拒绝。"多年后，杰拉德回忆起来虽有遗憾，但也不后悔当初的抉择。

奥德修斯和杰拉德还有一个共同点，就是两人都在伊斯坦布尔创造过奇迹（特洛伊城就在今伊斯坦布尔附近）。最让红军球迷津津乐道的莫过于2004/05赛季欧冠的决赛，神奇的伊斯坦布尔之夜，AC米兰在上半场就以3:0遥遥领先，正当所有人都以为下半场将会毫无悬念之际，杰拉德在第八分钟率先用头球扳回一城，进球后的他振臂高呼的画面成为足坛最经典的历史印记之一。而这场史诗般的决战也被后人命名为"伊斯坦布尔奇迹之夜"。在最后的点球大战中，士气如虹的利物浦最终击败对手夺冠。这场比赛成为欧冠历史上最经典的比赛，而杰拉德更是红军逆转的头号功臣。

当年希腊人攻打特洛伊十年未果，奥德修斯也是秉承永不言弃的精神，最终想出特洛伊木马计攻破城门。而杰拉德的奇迹也在于坚忍不拔的意志，迄今他仍是英超历史上在九十分钟及补时阶段打入致胜绝杀球最多的球员，更是史上唯一在欧冠、联盟杯、足总杯与联赛杯决赛都有进球的球员。

奥德修斯在外征战十年，又在海上漂泊十年,由于长期的战乱，导致人们信仰的缺失以及道德的丧失，奥德修斯的回家之旅不但是一般意义上的回归家园，也是对道德重建和对信仰的重新认识。同样的，杰拉德的忠诚和坚持对当今足坛是一种极大的嘲讽，他无关金钱、虚荣等浮躁的利益，只有最纯净的热爱以及与主队心心相惜的深情。也许对这个男人来说，冠军和荣耀从不是定义他价值的最重要的部分，唯有忠诚和信仰永恒不灭。

珀耳修斯射杀美杜莎
——亨利一剑封喉

在希腊神话中,珀耳修斯是宙斯和人类皇后的儿子。他的祖父预言这个孩子将来一定是人中蛟龙,因害怕这个孙子将杀害他的预言会成为事实,而将他和他母亲逐出。还在襁褓中的小珀耳修斯漂流到塞里福斯岛,被那里的国王收留。珀耳修斯长大后遭遇了种种事端,他一路上斩妖魔,杀美杜莎,面对各种各样可怕的海怪,最后英勇地完成了危险的任务。

而在乱世英超,也有一位孤胆英雄和珀耳修斯尤为相似,他身高188厘米,高大却不笨拙,完美地将速度、身体和技术融合为一体。他是温格手下头号猛将,最擅长长途奔袭,一剑封喉,一个人就可以摧毁对方整条防线。他在海布里屡屡立下战功,后远走伊比利亚半岛。五年之后,又再一次回归英超。当他离开海布里时,他亲吻草皮的瞬间令无数球迷为之动容。而当他回归酋长球场时,此情此景同样令人思绪万千。五年很长,昔日的年轻枪手已经胡须满面。五年很短,他依旧是那个天马行空的大帝。感谢命运,他又回来了,这一次,我们会更加珍惜。因为世界上,只有一个亨利。如果说珀耳修斯的出生就是为了拯救全人类,那亨利的到来就是为了造福阿森纳。

年轻时的小亨利就如小珀耳修斯一般，被预言将来必有作为。亨利在很小的时候，就显露出非凡的足球天赋，13岁那年，他被选进了全法国最著名的青少年足球基地克莱枫丹。但这两位古今英雄的童年，都不是一帆风顺的。1997年，当17岁的亨利为摩纳哥上演一线队处子秀，当时球队主帅正是温格，可惜的是一年之后温格就远走东瀛，师徒二人还没有彻底迸发出火花,已天各一方。直至亨利在转投尤文图斯后陷入低谷，当时已经成为阿森纳主帅的温格及时伸出橄榄枝，师徒二人终于在海布里再度聚首。

珀耳修斯长大后高大魁梧，成为人人畏惧的战士，并担起保护母亲的责任。杀死蛇发女美杜莎，是一项不可能的任务，因为任何人看美杜莎一眼都会立即变成石头。珀耳修斯只身一人，克服重重困难，找到美杜莎，利用铜盾作战，并通过反光砍下了她的头颅。

作为足球史上最为全能的前锋之一，亨利的拿手好戏，莫过于千里走单骑，突破对方重重包围，门前一剑封喉，用右脚精准推射球门右上角，令对方门将望而兴叹，尤其是在左路带球突破之时，其飘逸和灵巧，堪称当世第一人。2002/03赛季首场北伦敦德比，亨利就用一粒过五关斩六将的漂亮进球激起了队友的斗志，点燃了海布里的热情，最终3:0大胜对手，这个射门也被评为当赛季的英超最佳进球。

正如珀耳修斯的不畏强敌，在亨利登陆英伦之时，英超霸主正是弗格森的曼联。2001/02赛季，在英超磨练了两年的亨利终于迎来了爆发期，他在那个赛季攻进24球，首次获得英超金靴，最终帮助阿森纳夺得了当赛季的英超和足总杯双冠王。时隔一年后的2003/04赛季，亨利和队友们更进一步，率领阿森纳以惊人的不败赛季再次夺冠，打碎了曼联的卫冕美梦。毫无疑问，亨利是阿森纳两次从曼联手中抢下英超冠军的头号功臣。

电影《诸神之怒》里，当黑暗势力卷土重来，珀耳修斯又再一次踏上了拯救世界的征途。2011/12赛季足总杯第三轮，亨利大帝回来，依旧上演了那出招牌破门。终场哨吹响的那一刻，亨利成为电视镜头追逐的焦点。只见他仰天长啸，犹如狮子王梦中觉醒，犹如孤狼回归狼群，犹如英雄呼唤同伴。对着电视镜头，亨利振臂高呼："Come on！ Come on（加油）！"久违的面容、久违的进球、久违的霸气，而这些，对于揪心的阿森纳球迷是急需的。阿森纳球迷是幸福的，在那个凛冽的寒冬，他们迎回了那个霸气十足、锋利不减的海布里之王。

一日为师，终生为父。当他深情相拥恩师温格的那一刻，就像一个远游的孩子回到了父亲的怀抱，让所有枪迷们泪流满面。虽然短短不过两秒，却意味深长。亨利需要感谢温格，教授在亨利最困难的时期将其培养成为世界顶级巨星。温格也需感谢亨利，大帝在恩师内忧外患的情况下王者归来，上演单骑救主的好戏。这是一个包含着励志和感恩的故事，一个经历过时间冲刷的传说。

珀耳修斯死后被封为英仙座，在天空之上遥望守护着人类。

而亨利退役后其招牌的滑轨动作，作为铜像永远矗立在酋长球场上，多少个春夏秋冬，枪王之王就这样跪着守护阿森纳。枪迷最大的心愿，莫过于在温格告老还乡之时，亨利能够重返酋长球场，接过恩师的衣钵，将枪手的传统发扬光大，重现海布里辉煌。

忒修斯破解迷宫
——兰帕德的高智商

相传古希腊有个富裕强盛的米诺斯国，国中有一头牛首人身的怪物专吃人肉。国王对它毫无办法，于是就命令雅典的著名建筑师代达罗斯建了座迷宫，把它关了进去，每年进贡七个童男童女，让这个怪兽吃掉。忒修斯王子准备替天行道，他来到米诺斯迷宫，公主对他一见钟情，两人相爱了。公主送他一团线球和一柄魔剑，叫他将线头系在入口，边走边放线。王子在迷宫深处找到了牛首怪，经过一场殊死搏斗，终于用魔剑刺死了它，然后顺原路返回。但忒修斯一生并未一帆风顺，随后又遭遇了被世人冤枉、丧失亲人等痛苦。

纵观英超战场，曾经有一盏神灯，能够在黑暗中指明方向；曾经有一位勇士不知疲倦，连续登场164次，无人可及；曾经有一个老男孩，任凭岁月衰老他的容貌，也不许命运拿走他的梦想。他是蓝桥的宠儿，十三年忠贞，十三座冠军，他是切尔西的神灯，每当球队深陷窘境他就会出现，只要高喊"兰帕德"的咒语，奇迹就会发生。他是最高智商的球员，能够带领队员们走出球场这座迷宫。但他的职业生涯也崎岖不平，门线冤案、丧母之痛，这一切让他变得更加坚强，他就是兰帕德。英格兰的媒体给了他一个外号叫"神灯"，来自他姓氏前半截"lamp"加上"magic"，即希望他能像《一千零一夜》中的"神灯"那样为英格兰带来运气与魔力。

也许兰帕德这样的高智商球员，才能像忒修斯一样，能够破解米诺斯的迷宫，杀死怪兽，解救苍生。切尔西队医曾为球员们组织了一次 IQ 测试，兰帕德的测试结果达到了这项球员测试有史以来的最高水平，据说智商有 150，被评定为"天才级别"，仅次于爱因斯坦，也被一些媒体称为"全世界最聪明的球员"。他最擅长拉丁语，出版过一系列儿童书籍。对自己的超高智商，兰帕德也颇为惊讶："我是最高的，我不敢相信我竟能做到，我非常惊讶！"

俯瞰偌大的球场，复杂的阵型转换，观众的高声欢呼，有些球员难免迷失，就像置身于迷宫之中摸不清方向。但是兰帕德，他像自带神灯一样，在漆黑的迷宫中照明方向，兵来将挡，水来土掩。他总是出现在最需要他的地方，用最简单的方式取得最需要的结果，用他优秀的跑位意识来弥补速度上的不足，用优秀的脚法来避免身体对抗，时刻保持冷静的战斗意识。

忒修斯出生于王室，从小不仅健壮英俊，而且沉着机智，勇力过人。兰帕德则成长于西汉姆联队的足球世家，父亲希望他能继承自己的衣钵，于是年轻的兰帕德很早便开始接触足球。兰帕德的职业生涯荣誉无数。2005 年 5 月，与队员一起为切尔西夺得俱乐部自 1955 年来第一个英超联赛的冠军。2005 年 12 月，兰帕德拿到世界足球先生和欧洲金球奖的双料亚军。2013年5月，为切尔西在各项赛事中打入203粒进球，超越博比·坦布林成为切尔西俱乐部历史上的第一得分手。即便是在职业生涯尾声，兰帕德还一度成为纽约城在大联盟历史上首位上演帽子戏法的球员。为俱乐部出场913场入273球，为国家队出场106场入29球。简单换算可知，兰帕德场均进球率接近0.3球！作为一名中场，这个数据比很多前锋都要出色，即便是很多优秀的前锋，一辈子也没有打入超过300粒进球。从这个角度来看，兰帕德已将中场球员的进球能力发挥到了极致。

可是故事还没说完，忒修斯王子并没有像童话故事结局那样，骑着白马带着公主最后过上了幸福的生活。在公主的帮助下，忒修斯胜利地走出迷宫，并带着深爱他的公主返回雅典。他在海岛上被酒神逼迫，必须要把公主留下，否则就要降下灾难。忒修斯为了不殃及苍生，不得已只能放弃公主，宁负红颜，不负天下人，但不知道的人却说这是背信弃义。

兰帕德也曾面临这样两难的选择。2014年，与切尔西合同到期的兰帕德转会美国大联盟，但他随后却以租借身份加盟竞争对手曼城。兰帕德万万没想到，离开切尔西后的首个进球，他就送进了老东家的大门，进球后的神灯拒绝庆祝，他甚至像个做了错事的孩子低头走开，这一刻，兰帕德的内心已经不能用"五味杂陈"来形容。

比赛结束后也出现了非常感人的一幕，进球后的兰帕德反而赢得了切尔西球迷的热烈掌声，而且蓝军拥趸还拿出专门为他制作的横幅：传奇兰帕德，203 球！如果不是强忍着，兰帕德恐怕早已经泪流满面。这就是最纯粹的爱，哪怕你转会夺冠直接对手，哪怕你为对手攻破老东家的大门，但球迷们的爱却不会改变，因为兰帕德这个名字已经载入切尔西的历史。

赛后，兰帕德解释了自己当时在场上的感觉："对我来说这是艰难的一刻，如果拒绝出场或者出场后应付了事，那我太不职业。我是一名职业球员，但我也不希望对切尔西出场和进球，我左右为难。切尔西球迷一直在唱着我的名字，这是非常感性的一天，当早上醒来的时候，我根本不知道这一天怎么过，我很高兴这一天终于过去了。"

兰帕德的命运和忒修斯竟如此相似。故事还在继续，失去了公主，悲伤过度的忒修斯居然忘记更换船上的黑帆，悲剧接踵而至，站在海边遥望他归来的父亲看到那黑帆之后，认为儿子被杀，便悲痛地投海自尽。

这是宿命的安排吗？ 2008 年 4 月，兰帕德的母亲因病离世，30 号的欧冠半决赛第二回合较量中，他顶住压力点球破门，随后指天庆祝，把进球献给天堂的母亲，亲吻黑纱的那一幕令人动容，而切尔西最终以总比分 4:3 淘汰利物浦，挺进欧冠决赛。

到了 2010 年南非世界杯，兰帕德再次踢满了四场比赛，但依然没有斩获自己的世界杯处子球。事实上 1/8 决赛对阵德国，克洛泽和波多尔斯基的破门使得英格兰队上半场 0:2 落后。兰帕德在第三十八分钟打出了一记世界波，皮球击中横梁，弹入球门后弹出。虽然皮球整体越过门线，但是拉里昂达则认为进球无效，造成了世纪冤案。英格兰队此后心态失衡，最终 1:4 败北。多年后兰帕德谈及那次错判，表示自己十年间都没有忘，并且也自豪他推动了门线技术的发展，使得很多人避免了和他类似的悲剧。

故事总是一波三折。父亲去世后，忒修斯继位，成为雅典的国王。但是那些历险和不幸已经改变了他的性格。他不再是那个充满激情、冲动冒进的男孩了，而是变得更有智慧、更加理性。他十分公平地治理雅典城邦，最后还把权力分给了所有人，把王国变成了共和国。他甚至创立了公民大会，使所有公民都有投票权。民主这个概念就是从他那时候一直流传下来的。

这么多年过去，兰帕德也变得愈加沉稳，他从小时候的"胖子弗兰克"一步一步演变成了切尔西的"神灯"，把最好的年华留给了蓝军，成为了蓝军历史上不可磨灭的功臣。他曾获得包括欧冠、欧联、英超、足总杯、联赛杯、社区盾杯等一切能够获得的俱乐部冠军荣誉。而他本人，更曾获得英格兰足球超级联赛最佳球员、最受球迷欢迎球员、欧洲冠军联赛最佳中场，以及 PFA 终身成就奖等荣誉，最后还入选了英格兰足球国家名人堂。

伟人的结局总是如此的相似，现在的兰帕德也变得更有智慧、更加理性，成为 BT 的足球评论员，对他的后辈们给予指导。无论怎样，都不要忘了他曾是那个即使在迷宫中都不会失去方向的智者，蓝军永远的神灯。

阿波罗的人格魅力
——小贝的颜值和努力

在希腊神话中，阿波罗是最英俊的男神，容貌英俊，气质阳光，同时又多才多艺，尤其擅长音乐和射箭。他是光明之神，能够为人类带来光明，消除灾难。九头身的完美身段，超高的音乐才华，让他受到了众多女神的欢迎，九位缪斯女神时常陪伴在他的身边，他出生的时候被天鹅环绕，众女神都来迎接。阿波罗是希腊神话中最多才多艺，也是最美最英俊的男神，是西方文化中男性美的象征。

而在英超战场，也有这样一位男神，他像阿波罗一样，受到如此多的眷顾，既有完美的外形，又有一脚绝活，还多才多艺。他被无数女生误认为是男模，甚至有女生惊呼："这个叫贝克汉姆的男模还会踢球？"没错，他就是大卫·贝克汉姆。这两位绝世美男，明明可以靠颜值，却偏偏都用才华征服众生，今天就让我们一起领略这对古今男神的绝世才情。

刚出道时的小贝爱留一头金发，嘴角上扬，迷人的笑容更是杀手锏，是曼联92一代中最帅气的一个，带领红魔92青春风暴席卷英伦三岛，为此无数青春少女们一夜间成为小贝铁粉，尽管她们对足球和曼联一无所知。1988年，13岁的贝克汉姆加入曼联青训营，并在1993年正式成为了职业球员。在1994/95赛季，结束普雷斯顿租借，回归曼联后，20岁的贝克汉姆迎来了英超处子秀。小贝像阿波罗一样，刚崭露头角，就被缪斯女神们环绕，受到各路粉丝的青睐，其中不乏美女明星们。

而阿波罗的威慑和雄武，又同他的典雅和俊美相契合。阿波罗精通箭术，他的箭百发百中，从未射失。而如同阿波罗精准的箭术一般，小贝也有自己的绝活，一脚圆月弯刀绝技，将右脚发挥到了极致，堪称"贝氏弧线"举世无双。不但能通过主罚任意球直接破门，更经常给队友送出精妙助攻，将进球变为最简单的工作，并在随后的1995/96赛季，迅速成长为球队主力。他和吉格斯组成曼联的两翼齐飞战术，让对方防不胜防，并帮助曼联先后夺得六个英超冠军和1998/99赛季的欧冠冠军。

在英格兰国家队中，贝克汉姆也一直是当仁不让的主力，并在2002世界杯预选赛对阵希腊的比赛中，补时阶段攻进一粒漂亮的直接任意球，皮球划出一道美丽弧线入网，将英格兰送进了世界杯。而在2006年德国世界杯上，作为队长的小贝，发挥神勇，随后在十六强大战中，在前场获得一个任意球，他右脚踢出的这记漂亮的弧线越过对方四名队员搭起的人墙，以此绝杀了厄瓜多尔，将三狮军团送进八强。贝克汉姆也成为了英格兰队历史上第一位三届世界杯上都有进球的球员。当时的英格兰主帅埃里克森就表示，英格兰队不需要贝克汉姆的突破和过人，只要他还能传中和踢任意球就足够了。

这十年里，贝氏弧线一次又一次拯救了他的球队，也让球迷叹为观止。甚至这道弧线成为了一门学术课题，不少大学教授都参与研究。一位来自英国的学者曾表示，在贝氏弧线的飞行轨迹上，贝克汉姆的大脑能够进行极为复杂的物理运算，只需要几秒钟的时间就能完成计算机需要几个小时完成的计算。于是在英国，贝克汉姆赢得了"足球物理学界爱因斯坦"的美誉。但一切真的那么复杂吗？有人曾问过贝克汉姆本人："如何才能踢出这样的任意球？"他的回答是："从少年时代起，我就一直用这个方法练习任意球，自从进入曼联一线队后，这种练习更成为家常便饭，每天训练结束后，我都会自觉加练……"

阿波罗是宙斯最宠爱的儿子，而弗格森在自传中也称呼小贝如爱子一般。只是严父和儿子之间也难免会有冲突。阿波罗长大后，成为了一个多才多艺的少年。有一天，他与宙斯说起射箭，他们俩为了谁的箭术更高而争执不下。最后，宙斯决定用一场比试来定高下，由阿波罗先行射箭。阿波罗用力张开了弓，"咻"的一声，就射出去很远，几乎看不到箭的影子了。阿波罗信心满满地等在一边看宙斯射箭。宙斯却只是迈了一步，直接到阿波罗所射之箭在的地方，阿波罗看后无话可说了。

正当贝克汉姆在曼联意气风发之时，他和弗格森之间的矛盾却愈发不可调和。弗格森认为小贝在辣妹的熏陶下，已经变成不那么纯粹的球员，他要求小贝即使在球场外再风光无限，到了球场内都要心无旁骛地好好训练。而小贝则认为其商业活动并没有影响比赛成绩。最终，在一场输给阿森纳的足总杯比赛后，将帅两人撕破脸皮爆发了著名的"飞靴门"事件，随后，曾经情同父子的弗格森和小贝形同路人，四个月之后，曼联就将贝克汉姆以3500万欧元的身价甩卖给了皇家马德里。

对于男神们的爱情，一直是人们津津乐道的话题。阿波罗有过很多女神，但他最爱的却是达芙妮。被爱情之箭射中的阿波罗深深爱上了达芙妮，但调皮的丘比特把那支厌恶爱情的铅箭射向达芙妮。为了逃避穷追不舍的阿波罗，达芙妮变成了一棵月桂树，阿波罗看到后，懊悔万分。他很伤心地抱着月桂树说："你虽然没能成为我的妻子，但是我会永远爱着你。我要用你的枝叶做我的桂冠，赐你永远年轻不会衰老。"变成月桂树的达芙妮听了，被深深地打动，连连点头表示感激。也许是受到了阿波罗的祝福，月桂树终年常绿，月桂冠也成为奥林匹克运动胜利的象征。

小贝也像阿波罗一样痴情，他对维多利亚的一见钟情也好似被丘比特的箭射中。但他的爱情却比阿波罗要幸运，小贝的妻子，正是当时红遍英伦的辣妹维多利亚，两人结合后，毫无争议地雄霸英格兰体坛第一夫妇宝座多年。虽然日后小贝也发生过绯闻，但两人携手共同度过难关，如今已有了四个爱情的结晶。小贝退役以后，拍电影，拍广告，做投资。在维多利亚的调教下，贝克汉姆由一个羞涩的邻家哥哥逐渐成长为叱咤时尚界的潮流先驱，举手投足之间无时无刻不散发着成熟男人的魅力，并让他万人迷的外号响彻多年,从不褪色。2015年,已经40岁的贝克汉姆被美国《人物》杂志评选为2015年度全球最性感男士,其魅力可见一斑。

  阿波罗在希腊神话中立下了诸多伟大的功绩,而如果还在巅峰状态的贝克汉姆继续留在他最钟爱的曼联,弗格森的曼联也不会被迫迎来阵痛期,随后,也许就不会有阿森纳的不败赛季,切尔西的崛起或许也要延后好几年。可惜的是,所有的一切都没有如果,也许在女球迷心中,贝克汉姆只不过是踢球中最帅的,但在真正懂球的行家眼里,贝克汉姆绝对不是花瓶,他始终是职业球员的典范,敬佩小贝没有被颜值埋没的才华和努力。

丘比特的两支箭
——鲁尼的双面性

厄洛斯，也就是我们常说的丘比特，是奥林匹斯山上让人最无奈的小爱神，他是爱与美神阿芙洛狄忒的儿子，一个手拿弓箭长着翅膀胖胖的小天使。尽管有时他被蒙着眼睛，但没有任何人或神，能逃避他的恶作剧。这位可爱又淘气的小精灵有两种神箭：促进爱情的金箭和中止爱的铅箭。另外，他还有一束照亮心灵的火炬。

而在满眼都是肌肉男的英超，有一个人的辨识度很高。人们常说胖的人不显老，他16岁年少成名，如今也已经30岁出头了，但似乎外表没什么变化，满脸的胶原蛋白，就像那个希腊神话中被定义为可爱少年的丘比特。更为相似的是，他也有双面性，有人说他酗酒出轨黑料不断，却是个暖心boy。你总是猜不准什么时候他会射出金箭，什么时候又会射出铅箭。而他，就是人称鲁小胖的鲁尼。

在英国北部一个素有盛名的艺术奖评选委员会，曾经选出了年度"康姆卡艺术奖"的七件入围作品，艺术家阿兰·邓恩创作的"双面鲁尼"名列其中：一张张开大嘴咆哮着的鲁尼的侧面照片占据了作品左面的大半部分，鲁尼的表情狰狞而扭曲，而且显然在奔跑；而在右下脚不起眼的地方，则有一张安静而沉稳的小脸回应着"咆哮鲁尼"，这张脸是静止的。邓恩说，他在开始创造这幅作品时，鲁尼还在利物浦的埃弗顿队效力，没有冒着叛徒的名声转会曼联，也没有爆出嫖娼丑闻。但邓恩以他艺术家的敏锐观察早就看出了鲁尼的两面性，他这样解释自己的作品："鲁尼的人性里似乎总是有两面，而且他把这两面都很公开地展现出来。在比较大的那个图像里，你可以看到他的进攻性和侵略性，但在那个小点的图像里，你看到的是个更冷静的鲁尼。"鲁小胖的确让人捉摸不透。

丘比特在奥林匹斯山上，整天和那些比他大的众神们相处，而鲁尼小时候，也是个人小鬼大的孩子王。他出生于利物浦的柯洛克斯泰斯，小时候所在的小学并没有开设足球课，但他从小便展现出了过人的天赋，7岁时首次代表地区儿童队比赛就攻进一球，而当时鲁尼的对手都是十一二岁的大孩子。鲁尼在9岁时便进入埃弗顿青训系统，成为了少年队中年纪最小的一名球员。16岁时被莫耶斯提拔进入埃弗顿一线队，开始真正的职业足球生涯。可以说一路走过来，他总是队伍里年龄最小的。而那时鲁尼和父亲一样都是埃弗顿球迷。

丘比特被认为是那个人人都爱、与世无争、不参与希腊诸神的勾心斗角，却又串联着他们的生活、不可或缺的角色。而被鲁尼幸运的金箭射中的搭档们，都成了当今足坛的传奇人物。

铁打的鲁尼，流水的搭档，从我看球那个时候开始，鲁尼就反复出现在屏幕上，就是你不想认识都能认识。鲁尼搭档过当今足坛最好最优秀的前锋，陪伴过一个又一个的传奇人物，C罗、贝克汉姆、欧文、范佩西、伊布，这些他搭档过的队友们如今荣耀一生，光芒四射。鲁尼可以说协助了他们，成就了他们。

我们一起来回顾鲁尼和搭档们的那些友情岁月吧。

2012年的10月，范佩西和鲁尼都在4:2击败斯托克城的比赛中取得进球，而且鲁尼两粒进球都是这个荷兰人送出的助攻。范佩西说道："十分享受和鲁尼的搭档，我们的默契在慢慢提升，我们想一起上阵，我们能相互帮助。"

2003年英格兰2:0击败土耳其，贝克汉姆和鲁尼两人开心拥抱。当小胖第116次为国出战，超过了贝克汉姆保持的国家队出场纪录时，贝克汉姆也是第一时间在ins上送出祝贺。他鼓励鲁尼："作为一个职业球员，最大的幸福就是代表国家队出战。别让任何人的意见左右你，继续下去，直到你无法战斗为止。"

2009年7月25日下午，在杭州备战曼联09亚洲系列赛的鲁尼参加了与中国球迷的见面活动。在接受记者采访时，鲁尼回答说："新赛季我非常期待与欧文再次搭档，他是一个好人，也是一个出色的球员，他有出色的天赋和门前嗅觉，就算如今年龄大了也依旧保持着很好的状态。我和他在国家队培养了很好的默契，我期待着跟他联手，为曼联带来更多的进球。"

2016年，曼联在哥德堡打了一场热身赛，最终红魔5:2大获全胜。在接受曼联俱乐部官方电视台记者采访时,就连要求极高的伊布也说道:"在我看来,伟大球员之间永远能够默契地配合,因此我和鲁尼之间没有任何问题。能够与曼联历史上最佳前锋之一的鲁尼合作,我必将能够取得丰硕的成果。我在前锋线上最完美的搭档,就是鲁尼,因为他不仅仅是在为自己进球而打比赛,也始终在为锋线搭档乃至整个球队而战斗。"

但不要以为长得可爱的人就没有脾气,丘比特也会发脾气的,有一天阿波罗看到拿着弓箭的小爱神丘比特,毫不客气地警告他说:"我的弓箭能够射杀大蛇,你的弓箭能做什么?"丘比特被阿波罗这么一说,心里很不服气,于是他偷偷跟着阿波罗,当阿波罗走到达芙妮身边的时候,丘比特把那支产生厌恶之情的铅箭射向她,被射中的达芙妮立刻拒绝了阿波罗的追求。

而同样,鲁尼受到欺负的时候,也会不畏强敌,即使面对C罗也不例外。在双方共同效力曼联的五年里,特别是C罗逐渐崛起的数年内,鲁尼更多的时候是作为曼联的二号角色,甚至可以说是C罗的"副手"。鲁尼和C罗也曾并肩战斗,共抗强敌,继而又反戈相向,同是举足轻重的人物却谁也不服谁,被称为当时曼联"双子星"的两人亦敌亦友,谁也说不清楚。

而矛盾的爆发是在2006年世界杯,英格兰和葡萄牙在1/4决赛中相遇,比赛第六十二分钟,鲁尼在拼抢中脚踩了卡瓦略,当时C罗找裁判理论要求将鲁尼罚下,情急的鲁尼脾气上头,还推了C罗,最终裁判将鲁尼红牌罚下,英格兰最终兵败。赛后关于

C 罗和鲁尼闹翻的报道层出不穷，甚至一度传出了 C 罗会离开曼联的消息。

如今八年过去了，谈及那场比赛，鲁尼早已释怀，他说："我理解 C 罗为什么那么做，他想让葡萄牙赢球，诚实地讲，如果事情反过来，我可能也会做同样的事情。"

后来的霸道总裁 C 罗真的离开了曼联，去了皇马。2013 年当曼联 vs 皇马惊心动魄一战以后，鲁尼和 C 罗之间的那一个深深的拥抱，还是感染了无数人。C 罗也暗示："我怀念和鲁尼一起踢球的日子，也许有一天我们会再次携手。"这两位当世瑜亮，是对手也是朋友。

在鲁尼的身边，范尼、C 罗、贝尔巴托夫和范佩西都拿到了联赛金靴奖，他是最好的绿叶。但在曼联的历史上，鲁尼也是最好的红花，因为红魔的历史射手王属于一个叫作鲁小胖的前锋。在 18 岁那一年，鲁尼就已经加盟曼联。他为红魔征战了十二年之久。在一家顶级球队效力这么长时间，肯定不是一件容易的事情，因为你每年都要面对队友进进出出的事实。而在职业生涯的末期，鲁尼也是回到了他的起点——埃弗顿队。

我们多么希望鲁尼能够像神话中的丘比特一样，永远像个小天使一样陪伴着我们。但终究鲁尼也是个真实的人类，也会有英雄迟暮的那一天。

2017 年 8 月，鲁尼退出国家队，他说："我思考了很久，做出了这个决定。"此刻鲁尼的只言片语显得异常沉重，从 2003 年开启国家队之旅，之后的每一届欧洲杯和世界杯大赛，鲁尼从未缺席。2014巴西世界杯小组赛D组，英格兰不敌乌拉圭被淘汰出局。而到了2016年欧洲杯，硕果仅存的鲁尼，就是球迷关于那一代球员、那一代国家队最后的记忆。鲁尼的退出令人唏嘘，因为这不仅仅是一个球员的挥手作别，更是一个时代的谢幕。贝克汉姆、杰拉德、兰帕德、欧文、科尔……太多响亮的名字在我们脑海里一一闪现，鲁尼的退出终于为一代球迷的回忆彻底画上了句号。

"我永远是英格兰队的铁杆粉丝。我的职业生涯里，未随英格兰在国际大赛中获得成功是其中的遗憾。"鲁尼的一番话，让人听得很揪心，又何尝不是那整整一代英格兰国脚的心声。但对于喜欢鲁尼和英格兰队的球迷来说，从未在大赛中赢得冠军又如何？努力过，拼命过，陪伴过我们的青春与记忆足矣。

在球场之外，鲁尼也很有爱心，他还是一个非常关爱儿童的人。当得知故乡有些孩子正过着无依无靠的生活时，鲁尼基金会决定出资设立一个专门面向弱势群体儿童的奖学金。长期以来，鲁尼一直不遗余力地投身于儿童慈善事业当中，他还成为了儿童慈善机构"英国全国防止虐待儿童协会（NSPCC）"的形象大使。

如今的丘比特鲁尼，也有了小丘比特。鲁尼的儿子可爱得像个小天使。听说鲁尼也把儿子送去了青训，希望子承父业，在今后的英超赛场上早日看到小鲁尼的身影！

弥达斯点石成金
——阿布的金钱帝国

在希腊神话中,有一位国王叫弥达斯,他贪恋财富,急功近利,一心想成为世界上最富有的人。酒神感恩于弥达斯以前对他的帮助,答应满足弥达斯请求的一切愿望。于是弥达斯祈求神赐予他点物成金的法术,他如愿以偿地得到了点金术之后,到处点金,凡他所触摸的东西都变成了金子。

而在英超战场,也有一位类似的巨头是金元足球的缔造者。一个接一个誉满欧洲的顶级教练登陆蓝桥,一个又一个炙手可热的大牌球星加盟蓝军,他们在这里驻足只因一个人,这个人就是切尔西俱乐部的土豪老板——阿布·拉莫维奇。十余年间,这个男人不仅改变了英格兰足坛的格局,更是带着金元足球的攻势席卷整个世界足坛。2003年的夏天,首都、欧冠资格、财政困局,这三个条件让隐士一般的亿万富翁阿布,带着他的卢布开始在西伦敦打造他的蓝色战舰,债台高筑的切尔西摇身一变,成为了足坛最富有的俱乐部之一。

阿布进入足球领域前,已是一个充满着低调、圆滑和机智的超级富豪,一位对足球情有独钟的俄罗斯寡头,而阿布的足球经营也似乎正沿着这条垄断的思路行进着。在他接触足球后，这种"垄断"性格被更加直观地放大了。他对资本世界有着敏锐的嗅觉，似乎找到了点石成金的方法，在各种行业锻炼了处处能赚钱的本领。而如今在英国，在俄罗斯，甚至全世界，已经没有多少人再去猜测阿布的钱怎么来的，是否干净，他们知道的事实是，阿布是拥有百亿镑的富豪，阿布的切尔西正逐步成长为英超的巨无霸。

弥达斯国王是贪婪的，他总是不满足得到的一切，看到什么都想变成金子，越多越好。变成金子的不仅有石块、花朵和屋内的陈设，连食物和饮料也最终成为了金子。

而阿布也犹如弥达斯一样急功近利，他对于金元足球的追求达到极致，对欧冠奖杯的渴望更是写在脸上。如果你是个老球迷，一定还记得2003年夏，那条横行欧洲大陆的定理，凡是切尔西看重的人，别家就没戏了，甚至连抬一下的资格都没有。

在拉涅利的带领下，球队拿下了英超亚军，欧冠也杀入半决赛，但这对雄心壮志的阿布来说还不足够。阿布让意大利人卷铺盖走人，而代替他的则是"特殊的一个"。于是穆里尼奥降临斯坦福桥，阿布的钞票继续毫不吝惜地挥洒着，德罗巴、切赫、卡瓦略等等未来的中坚力量也在此时投奔这支英超新贵。也是从这一刻起，蓝色强势介入，英超红色争霸的时代得以告一段落。魔力鸟的前两个赛季，蓝军便展现了超强的统治力，切尔西赢得了五十年来第一个英超联赛冠军，并且实现连冠。阿布多次现身球场为蓝军助威，享受着争霸英超的快感。

然而和穆里尼奥的蜜月期在第三年便分崩离析，战绩的下滑和对漂亮足球的追求，让阿布再次痛下杀手，送走魔力鸟。这之后，蓝军帅位数次更迭，当然阿布的挥霍不曾停止，舍普琴科、巴拉克、托雷斯，这些响亮的名字伴随着金元足球的攻势出现在蓝军的名单里，而阿布的欧冠梦依旧不得实现。最终，在2012年的慕尼黑主场，阿布和他的切尔西完成了伟大的救赎，球员们也把欧冠奖杯交到了终于圆梦的老板手中。

对于迷恋点石成金的弥达斯来说，最后因为他的贪婪，受到了惩罚，他将最心爱的小女儿变成了金子，这让他追悔莫及。

而阿布的蓝军在频繁地买卖玩转资本的同时，也在流失一定的人才，尤其是一些需要时间培养、能够成为栋梁的人才，一旦流失很难追回来，而且会成为敌军的一员。比如说曾经被蓝军抛弃的德布劳内，曼城的丁丁现在成为最强中场，在面对旧主时毫不脚软地爆射库尔图瓦守护的大门。这种大批量大价钱买卖球员的俱乐部，往往预示着不稳定。随着莫斯科雨夜的擦肩而过，穆里尼奥的反戈一击，在斯坦福桥上演了悲愤惨案。2017/18赛季，切尔西的成绩一路下滑，主教练孔蒂也面临下课危机。阿布也曾深陷次贷危机，财富大幅缩水，和妻子离婚又损失惨重，换帅的违约金也成为经常性的开支。

切尔西的突然崛起完全打破了足球俱乐部从小到大、累进发展的常规，就像阿布本人发迹俄罗斯的过程一样，超出常规，让人震撼。这场资本"入侵"，打破了英超传统的发展规律，造成了强者愈强、弱者愈弱的局面。同时，以金钱为上的经营理念也让英超变得更加功利。

故事的最后，弥达斯只好祈求神解除他的点金术，酒神便让他到帕克托洛斯河里去洗澡，以此收回他的魔力，一切才恢复了原样。

阿布的大肆买卖也迫使足坛的财政公平法案出炉，前欧足联主席普拉蒂尼说："过去许多大俱乐部花钱大手大脚，导致许多不公平，欧足联不得不出台了财政公平政策，来限制他们只能花这么多钱。"

阿布的出现就像是资本市场的一个黑天鹅事件，它在意料之外，却又改变着一切。回首这些年在圆梦的路上，阿布让一支中等偏上水平的俱乐部成为欧洲顶级豪门，让蓝色强势介入红色英超争霸集团，他对切尔西命运的改变是毋庸置疑的。

阿布将资本的原始积累手段——殖民掠夺，带到了绿茵场上。如同百年前的英法殖民扩张，切尔西的快速成长，诠释了资本所能带来的最大震撼。不可否认的是，金钱使英超更具竞争力，也更容易吸引大牌巨星和知名教练。各路大牌球员纷至沓来，就连狂人穆里尼奥也改换门庭。

在弱肉强食的英超赛场，任何一点落后都会直接体现在球场上。各个俱乐部资金的投入也令英超受益颇深，专业的设施，职业的球员，激烈的碰撞，无法预料的比赛结果，使得英超成为观赏性最强的联赛。这一连串蝴蝶效应般的连锁反应，起点也许就是阿布入主切尔西的那一天。

雅典娜编织的网
——门德斯的网络

雅典娜是希腊神话中的智慧女神,擅长战争、智慧和编织。连宙斯都要从雅典娜那里得到智慧,并且借用她的盾牌。熟悉希腊神话的人会发现,雅典娜经常出现在各种故事里,虽然不是主角,却是幕后出谋划策的那个人,因为无论人或神都依赖她的计谋和关系网,她站在谁这边,往往胜利就属于谁。

纵观足球世界,有一个人和雅典娜很像,商场如战场,他也充当了那个幕后运筹帷幄的人,而且他的这张关系网不限于英超,甚至延伸到了整个欧洲。他是体育领域最具影响力的经纪人,就连弗格森也对他将C罗带到曼联之举充满感激。弗格森称他为"我共事过的最好的经纪人,毫无疑问"。他就是门德斯。而如同雅典娜的手持盾牌一样,门德斯最大的招牌无疑也是C罗。

这两位都有个技能,就是善于织"网"。据说在希腊神话中雅典娜曾经向远古的人类传授纺织的技巧。曾有一位凡人少女非要和雅典娜争个高低,于是一场神与人之间的织布比赛开始了。雅典娜很快就织出了一匹布,布的中央是威严的众神,图案的四角上还有众神惩罚对神不恭敬者的故事。这件美丽庄严的杰作是那样的完美，同时也是在警告这位凡人少女。最后，凡人少女输了，被雅典娜变成蜘蛛，永远不停地织网。

而在商场如战场的足球转会市场，门德斯的成功不只是来自一些明智的建议，他的关系网络才是其中的关键。这是由欧洲一系列大大小小、显赫或无名的球队组成的网络，所有球队都会正式或非正式地向门德斯寻求建议、帮助以及球员。这张关系网使得门德斯成为了足球界最有权势的人。门德斯不仅仅是一个市场的从业者，他创造了市场。在门德斯的棋盘中，他将各个棋子输送到了不同的俱乐部。门德斯往往不追求眼前利益，而是会鼓励手下球员在正确的时机选择转会。在面对每一名潜在的客户时，他的第一个问题都是："你想在哪里踢球？"门德斯为他的球员们规划了生涯蓝图，他对他们说："顺着这条路走，你就会抵达你想要去的地方。"这样的方法为 C 罗、安赫尔·迪·马利亚、拉达梅尔·法尔考等门德斯的客户带去了成功。几乎无人能具备他这样的覆盖面与影响力，"门德斯的网"让绝大部分球员都会为一个或多个与门德斯存在联系的俱乐部效力，甚至有人会在这些球队退役。

在希腊神话中，雅典娜曾指点诸多英雄完成丰功伟绩，其中最为著名的就是她提点奥德修斯想到特洛伊木马计，最终攻下了特洛伊城。而在英超赛场，门德斯也帮助某些球队实现愿望。例如，英冠联赛里的狼队俱乐部，网罗了内维斯、米兰达、维纳格雷、科斯塔、卡瓦莱罗、博利等球员。正如意大利社会学教授鲁索所言，狼队如今已成为了"门德斯系统"的一部分，可以预言门德斯的下一个目标就是狼队升超。

在希腊有一座人们用来崇拜雅典娜女神的帕特农神庙，来自雅典娜变出的一棵象征和平与富裕的橄榄树，用来守护人类。而门德斯网络的核心就是他的祖国葡萄牙。门德斯称自己在2001至2010年间掌管了葡超三强本菲卡、葡萄牙体育和波尔图68%的转会活动。希望这个被称为"C罗背后的男人"的人，他的网能够越织越大，为更多的客户对接合适的资源，提点更多的球员完成丰功伟绩，足球界需要雅典娜一样的人！

门神雅努斯
——舒梅切尔父子

在希腊神话延续的罗马神话中，有这样一位门神雅努斯，他具有前后两个面孔，一个年长，一个年轻，象征过去和未来。雅努斯是天宫的守门人，他每天清晨把天宫的大门打开，让阳光普照大地；黄昏时就把门关上，黑夜也随之降临了。就这样日如一日、年复一年孤独地守卫着天宫。罗马士兵出征时，都要从象征雅努斯的拱门下穿过，后来欧洲各国的凯旋门形式就是由此而来的。

在足球赛场上，一支队伍里又怎能少了守门员的存在？德国著名门将托尼·舒马赫说："一个队员在八十九分钟里踢得毫无生气，但在最后一分钟里射门得分，就会被当作王子来吹捧；而守门员在八十九分钟内表现非凡，却在最后一分钟里失手，就会成为罪人。"我记得一位中超门将告诉我，他站在球门前的时候，常常感觉到孤独，因为中锋失球还有后卫，后卫失球还有守门员，但守门员是最后一道防线，没有人可以依靠。

纵观英超战场，有两位门神，他们来自安徒生的故乡丹麦，长着相似的金发碧眼面孔，一个年长，一个年轻，他们父子合一，一个凝视英超的过去，一个仰望英超的未来。就像雅努斯一样，多少年来默默无闻地守护着英超球场这座天宫。

年长的父亲,在1993年5月2日和曼联共同捧得英超联赛冠军。那年,父亲29岁。年轻的儿子,在2016年5月2日和莱斯特城一起捧起英超冠军。这年,儿子也是29岁!是巧合,还是冥冥之中的定局?同月同日夺英超,这就是英超历史上著名的父子门神:大小舒梅切尔。

父子二人的足球生涯,有很多相似之处,他们都是奇迹的创造者。父亲曾带领黑马丹麦队夺得1992年欧洲杯冠军,而儿子也在黑马莱斯特城队夺得2016年英超冠军,不得不让人惊叹。

1992年的瑞典欧洲杯,那一年丹麦绝对是幸运的,毕竟他们开赛前两个星期,才以替补的身份获得了决赛圈入场券——赛前由于南斯拉夫爆发战争,参赛资格被取消。半决赛上,丹麦队遇到了拥有三剑客的卫冕冠军荷兰队,本以为丹麦队的黑马奇迹只是昙花一现,但是比赛开始后却让人大跌眼镜。到了点球大战中,门神大舒梅切尔发威,他扑出了范巴斯滕的点球,帮助球队挺进决赛。

接连淘汰1984年欧洲杯冠军和1988年欧洲杯冠军后,丹麦队又在决赛遇到了1980年欧洲杯冠军,即两年前世界杯夺冠的德国队。赛前各方几乎认定德国队将在收获世界杯后再拿下欧洲杯,可德国队的进攻火力却在大舒梅切尔的高接抵挡下无法破门。"我从来没有在面对一名门将时这么失望过。"德国队的里德尔赛后哀叹。最后,丹麦童话照进了现实!他们以一种不可思议的方式拿下了这座奖杯。有人戏称：那一年，一定是安徒生贿赂了上帝。

当得到欧洲杯冠军的丹麦门将大舒梅切尔回到曼联之后，队友看他的眼神都变了，特别是刚刚冒尖的吉格斯等人。这可是不折不扣的欧洲之王，进过城，见过大世面。当时有个笑话，英国球迷说："上帝，英格兰国家队被彼得·舒梅切尔零封了……"德国球迷说："这算什么？连德国队都被他零封了！"

大舒梅切尔就这样在曼联开启了他最伟大的俱乐部生涯。这是他在曼联的第二个赛季，帮助球队夺回阔别二十六年的联赛冠军，从此黄袍加身，成为世界头号门将。有一件趣事就是，不知从什么时候起，曼联门将球衣的幸运色就变成了舒梅切尔常穿的绿色。范德萨、德赫亚也是绿色。而巴特斯（黑色）、泰比（黄色）皆是倒霉蛋的象征。

在当时的英超，舒梅切尔的出击时机、侧扑、一对一封挡、单刀选位、高空球、手抛球发动进攻，均没有明显破绽。而防守的威慑力、抗冲撞能力、比赛气质、预判和指挥能力，也无人能出其右。

大舒梅切尔在英超八年，给整个曼联和英超都带来了不菲的财富。曼联的常胜、联赛知名度的迅速扩大，这个丹麦人居功至伟。他也成为了一道不可逾越的门槛，横在英超甚至欧洲联赛大多数门将身前。

多年之后，儿子小舒梅切尔也创造了奇迹，在莱斯特城夺冠中，小舒梅切尔终于可以自豪地说："这回让老爸看我夺冠！"

"也许很多人都觉得拥有一位赢得了那么多冠军的父亲，我的职业生涯会比其他人更容易，但事实并非如此。自从我出生开始，就一直受到外界的干扰。由于父亲的缘故，很多球队在我很小的时候就向我伸出了橄榄枝。而对许多球员来说，只有当他们真正成为一位职业球员后，才有可能得到这样的机会。"

对小舒梅切尔来说，这是一个他期待已久的时刻，现在他的身份终于从"小舒梅切尔"变成了"卡斯帕·舒梅切尔"。在之前很长一段时间里，小舒梅切尔都很反感外界将自己拿来与父亲比较，这是可以理解的，在一位如此优秀的父亲所投射的阴影下成长，而且踢的还是同一位置，不是一件容易的事。

相比小舒梅切尔长期的"以父为名"，老舒梅切尔却以子为傲，在接连发推的同时，也将自己的推特认证改为了"一名英超冠军成员的父亲"。而他们也成为了英超史上第一对同月同日夺冠的父子兵。

作为上赛季夺冠的重要功臣，小舒梅切尔在短短两个赛季里，就体会到了什么是冰火两重天。他说："夺冠已是往事，我们得向前看。"

就像门神雅努斯的前后两幅面孔，这对英超父子门将，父亲见证了英超辉煌的历史，儿子虽然目前没有达到父亲的成就，但就像他说的，我们得向前看，毕竟英超神话还在续写。

而我的这一章属于英超的希腊神话远没有结束，期待未来会有更多神奇的角色出现。

图书在版编目（CIP）数据

玥读英超/王昊玥著.-上海：上海文艺出版社.2018.7
ISBN 978-7-5321-6685-5
Ⅰ.①玥… Ⅱ.①王… Ⅲ.①散文集－中国－当代
Ⅳ.①I267
中国版本图书馆CIP数据核字（2018）第110138号

发 行 人：陈 征
责任编辑：陈 蔡
封面设计：钟 颖

书　　名：玥读英超
作　　者：王昊玥
出　　版：上海世纪出版集团　上海文艺出版社
地　　址：上海绍兴路7号　200020
发　　行：上海文艺出版社发行中心发行
　　　　　上海市绍兴路50号　200020　www.ewen.co
印　　刷：上海文艺大一印刷有限公司
开　　本：890×1240　1/32
印　　张：12
图　　文：384面
印　　次：2018年7月第1版　2018年7月第1次印刷
Ｉ Ｓ Ｂ Ｎ：978-7-5321-6685-5/I·5330
定　　价：78.00元
告 读 者：如发现本书有质量问题请与印刷厂质量科联系　T:021-57780459